Der massige Catcher kicherte nur. „Da mußt du noch viel mehr Suppe essen, Jungchen.“ Blitzschnell sauste Lennets Faust gegen Hucs Kinn. Krach! Aber Hucs Lächeln wurde nur noch breiter. „Hast du vor, mich noch lange zu kitzeln, Bübchen?“ Lennet erkannte, daß er mit Boxen nicht weiterkam. Gut, dann würde er es eben mit der „sanften Gewalt“ probieren. Seine Handkante landete auf Hucs Hals. Der Riese zog den Kopf zwischen die Schultern; gefährlich traten seine Halsmuskeln hervor. Doch wieder war Lennets Hand abgeprallt . . .

LEUTNANT X

Geheimagent
Lennet und der Satellit

Schneider-Buch

Titel der Originalausgabe: Langelot et le Satellite

Deutsche Übertragung: Heidemarie Blasy

Deckelbild und Illustration: Walter Rieck. Foto: Keystone, München. Bildredaktion: Brita Oehmichen. Textredaktion: Wilhelm Kopp. Herstellung: F. Wolf. Korrektur: Gudrun Ohmert. Schrift: 10/11 Punkt Garamond. Druck: Presse-Druck. Bestell-Nummer: 3804
ISBN 3 505 03804 0

Inhalt

Ein Name wechselt seinen Besitzer 9
Ein Telefonanruf 16
Erpressung 23
Das Spiel wird ernst 31
Im Hauptquartier des BIDI 38
Das Elektronengehirn versagt 47
Die Entführung 55
Landepunkt: Sahara 67
War das Raumschiff bemannt? 73
Keine Verständigung 81
Kleiner Zwischenfall an der Grenze 90
Kriegsrat 99
Hart auf hart 107
Abschuß mit Laserstrahlen 121
Besuch beim Minister 132

Ein Name wechselt seinen Besitzer

„Guten Morgen, Jules", grüßte Lennet.

„Guten Morgen, Herr Lissou", erwiderte der Kellner des kleinen Cafés. „Was darf es sein? Dasselbe wie immer?"

„Ja bitte, wie immer, Jules."

Lennet kletterte auf einen Hocker an der Theke. Die Spiegelwand hinter den Flaschen warf sein Abbild zurück: keine besonders ausgeprägten Züge, dennoch ein entschlossener Mund, harmlos blickende Augen, eine blonde Haarsträhne quer über der Stirn, achtzehn Jahre alt. Das war Jean-Jacques Lissou.

Grüne Strickjacke, dunkelgraue Hose, Sportschuhe, alles an ihm war so wenig auffallend, daß bestimmt kein Mensch in diesem jungen Mann einen Agenten des SNIF, jenes berühmten französischen Geheimdienstes vermutet hätte, der selbst den kaltblütigsten Spionen den Schweiß auf die Stirn trieb.

Vor zwei Wochen war aus Lennet Jean-Jacques Lissou geworden. Vor zwei Wochen hatte er sich hier in der Gegend ein Zimmer genommen, und seit zwei Wochen erschien er jeden Morgen zum Frühstück in dem kleinen Café und studierte eingehend die Stellenangebote in der Tageszeitung.

Sämtliche Stammgäste des Cafés wußten bereits: Jean-Jacques Lissou war auf Arbeitssuche.

Doch seine Bemühungen hatten sich bisher darauf beschränkt, daß er sich hie und da eine Adresse oder Telefonnummer aufschrieb.

Er wartete auf das Erscheinen einer ganz bestimmten Anzeige, deren Wortlaut er auswendig wußte. Hauptmann Laval vom SNIF (Service National d'Information Fonctionnelle) und Herr Houchoir, Generaldirektor mehrerer Unternehmen, darunter der S.F.E.C.G.A.M.Q. (Société Francaise d'Etudes et de Construction de Générateurs et d'Amplificateurs Magnétiques Quantiques = Französische Studien- und Konstruktionsgesellschaft für quantenmagnetische Generatoren und Verstärker), hatten die Anzeige in Lennets Gegenwart aufgesetzt.

Laval hatte gemeint: „Ungefähr zwei Wochen lassen wir uns noch Zeit ... Bis dahin dürften sich die Leute in der Gegend an Ihr Gesicht gewöhnt haben ..."

Wie jeden Morgen trank Lennet auch heute wieder zuerst einen Schluck Kaffee, bevor er die Tageszeitung entfaltete. Politik, Wirtschaft, Reportagen ...

Aha! Da waren sie, die Stellenangebote.

Auf den ersten Blick entdeckte er, worauf er gewartet hatte. Doch in seinem Gesicht zuckte kein Muskel. Ein kleines Kreuz am Rand; aufmerksam las er auch noch die anderen Annoncen. Ab und zu unterstrich er sogar die eine oder die andere, obwohl er ganz sicher war, daß er sich bestimmt nie an die angegebenen Firmen wenden würde.

„Speziallabor für Physik der festen Körper sucht Mitarbeiter zwischen 20 und 30 Jahren, vom Militärdienst befreit, Student der Physik bzw. Fachmann mit Erfahrung in entsprechenden Laboratorien. Bewerbungen mit handgeschriebenem Lebenslauf an die S.F.E.C.G.A.M.Q. Personalbüro, Direktion, Avenue Messine 80." So lautete die Anzeige.

Lennet zahlte und machte sich auf den Heimweg. Er hatte

ein kleines Zimmer im siebten Stock. Zu Hause setzte er sich sofort an seinen wackligen Tisch und begann zu schreiben.

„LISSOU, Jean-Jacques.

Geboren am . . . in Nantes.

Vater: Paul Lissou, Industrieller, 80, Avenue Jean-Jaurès, Nantes, Loire-Atlantique.

Ausbildung: Volksschule, Bugeaud Gymnasium mit Abitur.

Ein Jahr Assistent im Labor ‚Laser-Maser'.

Wehrpflicht: dienstuntauglich."

Diese letzte Bemerkung traf auf Lennet ganz bestimmt nicht zu. Aber er mußte sich nun einmal genau an die Personalien und Daten des wirklichen Jean-Jacques Lissou halten — vor allem in den Punkten, die so leicht nachzuprüfen waren wie dieser.

Der arme Lissou! dachte Lennet bei sich, hoffentlich schafft er es . . .

Was tat der echte Jean-Jacques Lissou in diesem Augenblick? In welchem Land Afrikas er wohl Blut und Wasser schwitzte? Man hatte ihm fünf Jahre Zeit gegeben, in denen er die „Riesendummheiten", die er begangen hatte, gutmachen konnte. Ohne einen Augenblick zu zögern, hatte er diese harte Prüfung auf sich genommen.

Er war schwach, unvorsichtig und maßlos verwöhnt. Dennoch hatte er in dem Moment, in dem die Lage mehr als ernst zu werden drohte, das einzig Richtige getan. Entschlossen war er zu seinem Vater gegangen und hatte ihm alles gestanden.

„Hör zu, Papa. Ich habe ungedeckte Schecks unterschrieben, Unterschriften gefälscht und noch ein oder zwei kleinere Betrügereien begangen. Und nun versucht mich jemand, der sich BIDI nennt, zu erpressen. Da habe ich es für besser gehalten, dir alles zu gestehen. Du wirst mir doch wieder auf die Beine helfen, nicht wahr, Papa?"

Vater Lissou war aus allen Wolken gefallen. Überzeugt, daß sein Sohn gar nichts anderes sein konnte als ein ehrlicher, tugendhafter und begabter Junge, war er Jean-Jacques gegenüber immer äußerst großzügig gewesen. Und nun stellte sich heraus, daß Jean-Jacques nicht besonders begabt und schon gar nicht sehr tugendhaft war. Und was die Ehrlichkeit betraf, so hatte er auch davon nicht allzuviel mitbekommen.

Der Vater hatte sich sofort an den Rechtsanwalt der Familie Lissou gewandt. Mit Hilfe von Geld war es doch sicherlich möglich, den Skandal, der jeden Moment bekannt werden konnte, zu ersticken! Doch der Rechtsanwalt hatte nur den Kopf geschüttelt. Der junge Mann hatte gegen die Gesetze verstoßen: Nun würde er auch die Folgen tragen müssen.

Da Herr Lissou gewohnt war, Probleme, die nicht mit Geld zu lösen waren, mit Hilfe von Beziehungen zu lösen, stattete er einem seiner Freunde, einem ehemaligen Regierungsmitglied, einen Besuch ab.

„Du hast doch sicher immer noch recht gute Beziehungen zur Polizei oder zu den Untersuchungsrichtern ..." Drei Tage später klopfte ein ungefähr fünfundvierzigjähriger, leicht hinkender Mann mit Bürstenhaarschnitt an die Bürotür von Herrn Lissou. Der Besucher stellte sich als Roger Noël vor. In Wirklichkeit war es Hauptmann Laval vom SNIF, Lennets Vorgesetzter. Er hielt sich nicht lange mit der Vorrede auf.

„Herr Lissou, wir wollen doch zuerst einmal drei Punkte klarstellen. Erstens, ich komme nicht von der Polizei, sondern vom Militär. Zweitens habe ich keinesfalls die Absicht, Ihnen zu helfen, Ihren Herrn Sohn vor der ihm gebührenden Strafe zu schützen. Und drittens, wenn Sie nicht der Unternehmer Lissou, sondern der Straßenbahnschaffner Lissou wären, so würde das nichts an den Vorschlägen ändern, die ich Ihnen anschließend unterbreiten werde. Habe ich mich deutlich genug ausgedrückt?"

„Sehr deutlich."

„An dem Fall Ihres Sohnes interessiert mich nur ein einziger, ganz bestimmter Umstand. Er behauptet, daß er vom BIDI erpreßt worden sei. Auf welche Art?"

„Man hat von ihm die Unterlagen über die Herstellung von Lissou-Bohnerwachs verlangt."

„Als Gegenleistung wofür?"

„Dafür, daß sie einen Scheck verschwinden lassen würden, auf dem er ...“

Der erbarmungslose Blick seines Gegenübers brachte Herrn Lissou aus der Fassung.

„Auf dem er leichtsinnigerweise die Unterschrift eines seiner Onkel gefälscht hatte, mit dem wir auf nicht allzu gutem Fuß stehen.“

„Ich verstehe. Und wo hat die Unterredung mit dem Erpresser stattgefunden?“

„Soviel ich weiß, ist das alles telefonisch vor sich gegangen.“

„Was hat Ihr Sohn geantwortet?“

„Er hat sich Bedenkzeit ausgebeten und mir dann alles erzählt. Im Grunde genommen ist er nämlich ein sehr anständiger Kerl, wissen Sie, er hat ein Herz aus Gold.“

Laval hatte seine Pfeife aus der Tasche gezogen und begonnen sie zu stopfen. Die väterlichen Gefühle des Herrn Lissou ließen ihn ziemlich kalt.

„Unter diesen Umständen habe ich folgenden Vorschlag:

Ihr Sohn wird für fünf Jahre von der Bildfläche verschwinden. Während dieser Zeit wird er in einem fremden Land, wo er unter falschem Namen leben wird, irgendeine schwierige Aufgabe zu erfüllen haben. Ich selber werde ihm Namen und Arbeit beschaffen. Inzwischen wird mein Unternehmen — das ausgezeichnete Verbindungen und großen Einfluß hat — dafür sorgen, daß sämtliche Akten, die Ihren Sohn belasten, an einen Ort wandern, wo kein Mensch je wieder die Nase hineinsteckt. Nach Ablauf von fünf Jahren kann der junge Jean-Jacques wieder in das ‚normale‘ Leben zurückkehren. Wenn er sich in dieser Zeit so ehrlich und gewissenhaft zeigt, wie ich es von ihm zu verlangen gedenke, wird sich mein Unternehmen noch ein zweites Mal einschalten, und die besagten Akten werden sich sozusagen verflüchtigen — natürlich unter der Voraussetzung, daß die betroffenen Personen entschädigt werden, wozu die Arbeit Ihres Sohnes beitragen soll. Selbstverständlich ist es Ihnen nicht gestattet, mit ihm Verbindung aufzunehmen, zumindest in der ersten Zeit.“

„Einen kleinen Moment. Was Sie mir da vorschlagen, scheint mir doch etwas ... übertrieben. Die Vergehen, zu denen sich mein Sohn unvorsichtigerweise hinreißen ließ, hätten ihm niemals fünf Jahre Gefängnis eingebracht! Allerhöchstens zehn Monate, ich habe mich genau erkundigt."

„Ich gedachte ja auch nicht, ihn ins Gefängnis zu schicken", hatte ‚Herr Noël' erwidert, nachdem er eine große Rauchwolke vor sich hingeblasen hatte.

„Ich fürchte, ich habe Sie nicht ganz richtig verstanden. Sie beabsichtigen Jean-Jacques in Ihre Dienste zu nehmen?"

„Nein, ganz bestimmt nicht. Mein Unternehmen braucht Männer und keine Muttersöhnchen, die durch Beziehungen vom Militärdienst befreit werden müssen."

„In diesem Fall verstehe ich nicht ganz, wo Sie in dieser Transaktion für sich einen Vorteil sehen. Oder wollen Sie mich lediglich verpflichten ...?"

„Nein, Herr Lissou. Ich möchte Sie zu überhaupt nichts verpflichten. Alles, was ich als Gegenleistung für unsere Bemühungen verlange, ist die Erlaubnis, fünf Jahre lang frei über die Identität Ihres Sohnes verfügen zu dürfen."

„Frei über die Identität meines Sohnes verfügen zu dürfen? Heißt das, daß beispielsweise einer Ihrer Agenten seine Mission unter dem Namen Jean-Jacques Lissou erfüllen kann?"

„Ganz genau das meine ich."

„Und wenn mich jemand danach fragt, muß ich antworten, daß es sich um meinen Sohn handelt?"

„Stimmt."

„Ich weiß wirklich nicht, was ich dazu sagen soll. Der Gedanke, daß irgendein Unbekannter unter dem Deckmantel unseres hochangesehenen und ehrenhaften Namens einer zwielichtigen Beschäftigung nachgehen kann, will mir beim besten Willen nicht gefallen."

Achselzuckend war Laval aufgestanden.

„Ich hätte die Beschäftigungen, denen sich Ihr Herr Sohn hingegeben hat, auch nicht gerade als ehrenhaft für Ihren hochangesehenen Namen bezeichnet. Unsere Meinungen scheinen in diesem Punkt etwas auseinanderzugehen. Guten Abend!"

Jean-Jacques selber war dem Besucher nachgerannt. „Papa sagt, daß Sie eine schwierige Aufgabe für mich hätten. Ich habe noch nie in meinem Leben etwas Schwieriges angepackt. Glauben Sie nicht, daß ich es wenigstens versuchen könnte?"

Schweigend hatte Laval den Jungen gemustert. Für den nüchternen Geschmack des Hauptmanns war er zu gut angezogen, außerdem hatte er ein schwaches Kinn. Trotzdem, aufrichtig schien er zu sein.

„Hör zu, mein Junge", hatte Laval begonnen, der sonst nie jemanden duzte. „Ich würde mich gerne deiner annehmen. Aber ich warne dich: Wenn ich mich um jemanden kümmere, dann meistens nicht auf die sanfte Tour."

Jean-Jacques hatte seinen Blick gesenkt. Schüchtern versuchte er dem Hauptmann in die Augen zu sehen. „Wenn es Ihnen recht ist, würde ich es gern einmal versuchen."

Eine halbe Stunde später hatte Laval Jean-Jacques' Personalausweis in der Tasche. Drei Wochen später schleppte der junge Lissou, ehemaliger Inbegriff der verwöhnten Jugend von Nantes, Büchsen mit Ölsardinen in den Supermarkt von Bobo-Dioulasso.

Ein Jahr war vergangen.

Erstaunlicherweise war bisher nichts unternommen worden, den Erpresser von damals aufzuspüren.

Lediglich der junge Jean-Jacques Lissou war aus dem Verkehr gezogen worden.

Der Staub auf den Gerichtsakten wurde immer dicker. Herr Lissou hatte die betrogenen Personen und Firmen entschädigt. Sein Sohn würde ihm das Geld ratenweise von seinem Gehalt zurückbezahlen, natürlich immer über „Herrn Noël". Der Erpresser gab kein Lebenszeichen von sich. Er wartete darauf, daß sein Opfer wieder auftauchte...

2–3804–9

Ein Telefonanruf

Lennet fügte dem Lebenslauf einen Brief bei, in dem er schrieb, daß er auf Wunsch auch noch ein Zeugnis des „Laser-Maser"-Labors vorweisen könnte. Dann klebte er den Umschlag zu, adressierte ihn und gab den Brief auf.

Voller Ungeduld wartete er auf eine Antwort. Ja, wenn Herr Huchoir die Angelegenheit in die Hand genommen hätte... Aber wenn er, der Generaldirektor der Firma, sich auf einmal um die Einstellung von neuem Personal gekümmert hätte, wäre das seinen Mitarbeitern bestimmt aufgefallen. Und da der Personalchef nicht eingeweiht worden war, würde er Lennets Bewerbung wie jede x-beliebige Zuschrift eines jungen, arbeitssuchenden Physikers behandeln – und nicht wie die eines Geheimagenten, der in die Firma eingeschleust werden sollte, um dort eine Sondermission zu erfüllen.

Zwei Tage nachdem Lennet den Brief abgeschickt hatte, wurde er in die Avenue Messine berufen. Im Personalbüro wurde er von einer reizenden, jungen Dame empfangen, die in einem hellen Raum zwischen zwei üppigen Grünpflanzen saß.

„Werden Sie erwartet?" fragte sie freundlich lächelnd.

„Ich bin vom Personalchef herbestellt."

Er reichte ihr sein Schreiben.

„Wenn Sie sich einen kleinen Moment gedulden wollen, ich werde oben anrufen."

Sie griff zum Hörer.

„Sagen Sie, Fräulein, was für ein Typ ist denn Ihr Personalchef? Ich hätte nichts dagegen, wenn er genauso nett wäre wie Sie."

Die junge Dame bemühte sich, empört auszusehen.

„Unser Personalchef heißt Madame Martinet."

„Eine Frau?"

„Eine Frau!"

„Dann gleicht sie Ihnen immerhin schon in einem Punkt. Und wie ist sie sonst?"

Das junge Mädchen gab seine gespielte Empörung auf. Sie hielt den Hörer mit der Hand zu und flüsterte: „Sonst ist sie eine alte Ziege. Sie werden ja sehen."

Diese Beschreibung war etwas hart, aber nicht ganz unzutreffend. Madame Martinet trug eine große, dicke Brille. Die kleinen, unordentlichen Haarsträhnen, die ihr in die Stirn hingen, erinnerten an das Gefieder eines Papageis, ihre Art zu sprechen an Hühnergegacker.

„Junger Mann, ich habe Sie aufgrund Ihrer Bewerbung hierher gebeten. Aber bilden Sie sich ja nicht ein, daß Sie schon so gut wie angestellt sind. Ich habe mehrere Zuschriften erhalten, und gedenke mir selbstverständlich den geeignetsten Bewerber auszusuchen. Sie behaupten, einundzwanzig Jahre alt zu sein? Dabei sehen Sie höchstens wie achtzehn aus."

„Vielen Dank, Madame. Wirklich sehr liebenswürdig. Aber wissen Sie, im Moment ist es mir noch ziemlich gleichgültig, ob man mich nun für jünger hält oder nicht. In dreißig Jahren wäre ich Ihnen für dasselbe Kompliment bestimmt sehr dankbar."

Madame Martinet schob ihre Brille auf die Nasenspitze, sah überhaupt nichts mehr und schob sie wieder zurück: Machte sich dieser junge, gutgekleidete Mann etwa über sie lustig?

„Mir wäre es lieber, wenn Sie etwas älter wären. Haben Sie Ihre Papiere bei sich?"

Lennet reichte ihr Jean-Jacques Lissous Personalausweis. Das Paßbild war vom SNIF ausgetauscht worden. Als Geburtsdatum war das des wirklichen Inhabers angegeben.

„Hm! ... Gut. Und Sie behaupten, ein Jahr bei Laser-Maser gearbeitet zu haben?"

„Ja, Madame. Und der Direktor von Laser-Maser behauptet das gleiche. Hier ist mein Zeugnis."

Wieder das kleine Spiel mit der Brille.

In Wirklichkeit hatte Lennet lediglich drei Wochen in dem berühmten Labor des Verteidigungsministeriums gearbeitet.

Einundzwanzig Tage voll angestrengter Arbeit und einundzwanzig Nächte, in denen ihm während des Schlafs nach den neuesten psychotechnischen Methoden alles Wissenswerte eingetrichtert worden war. Auf Wunsch des SNIF hatte ihm der Chefphysiker des Labors ein Zeugnis ausgestellt. Sollte ihn jemand danach fragen, so würde er das bestätigen.

„Wie war es Ihnen möglich, in dieses Labor aufgenommen zu werden, obwohl Sie doch, soweit ich sehe, über keinerlei wissenschaftliche Ausbildung verfügen? Wegen Ihrer Kenntnisse hat man Sie doch bestimmt nicht angestellt?"

„O nein, nicht wegen meiner Kenntnisse. Wegen meiner Beziehungen natürlich!"

Diesmal rutschte die Brille bis auf die äußerste Nasenspitze. Dann wanderte sie zurück an ihren Platz. War dieser Lissou nun harmlos oder war er einfach unverschämt?

Munter plapperte Lennet weiter.

„Papa hat sehr gute Beziehungen, wissen Sie. Aber er findet es an der Zeit, daß ich mir selber helfe."

„Aha, und?"

„Na, deshalb bin ich hier."

Madame Martinet wandte sich wieder der Lektüre des Zeugnisses zu.

„Dieses Stück Papier hier ist eine einzige Lobeshymne. Ich frage mich nur, ob Sie wirklich ein so tüchtiger Arbeiter sind, oder ob auch hier die Beziehungen Ihres Herrn Papa ..."

„Ich habe sehr viel gearbeitet, Madame. Ganz bestimmt!"

Diese Behauptung klang so unbefangen und ehrlich, daß die Personalchefin spürte, wie sie weich wurde: Was für ein reizender, junger Mann, dachte sie bei sich. Und diese entzükkende, blonde Strähne in der Stirn! Zweifellos ziemlich einfältig und unbeholfen, aber sicherlich ein netter Kerl.

Sie unterhielten sich über sein Gehalt. Madame Martinet telefonierte. Lennet mußte Formulare ausfüllen, sich von einem Arzt untersuchen lassen, eine Versicherung abschließen, sich in allen Verwaltungsabteilungen des Betriebs bekannt machen. Eine Woche später war er angestellt.

Das Labor der Firma war in Boulogne-Billancourt. Es wurde von Professor Steiner geleitet. Professor Steiner war ein hervorragender Mensch, der aus Liebe zur Wissenschaft arbeitete.

„Mein Kind", sagte Professor Steiner zu Lennet – er nannte alle seine Mitarbeiter „mein Kind", egal wie alt sie waren –, „Ihr Gesicht ist mir ausgesprochen sympathisch."

Er fand alle Leute „ausgesprochen sympathisch".

„Ich bin überzeugt", fuhr er fort, „daß ich Ihnen über den klassischen Laser nichts mehr beizubringen brauche, da Sie ja ein Jahr lang bei dem großen Wissenschaftler, und von mir zutiefst bewunderten Physiker Drain gearbeitet haben. Trotzdem ist der Rubinlaser noch nichts gegen den Diodenlaser, mit dem ich mich augenblicklich beschäftige. Es ist mir bereits gelungen, ein Versuchsmodell zu konstruieren, das wahre Wunder vollbringt. Wenn das Instrument erst einmal richtig vervollkommnet ist, dann eröffnen sich uns, im wahrsten Sinne des Wortes, ungeahnte Möglichkeiten. Mit Hilfe des Diodenlasers wird es möglich sein, ein Flugzeug abzuschießen und ohne einen einzigen Skalpellschnitt eine Krebsgeschwulst völlig zu zerstören!"

„Ohne einen einzigen Skalpellschnitt?"

„Ja, mein liebes Kind. Weder Haut noch Muskeln werden durchtrennt werden müssen. Es eröffnen sich, wie ich schon gesagt habe, ungeahnte Möglichkeiten. Im Moment kann ich Sie leider nicht unmittelbar an meinen Untersuchungen teilnehmen lassen. Es dürfte wohl das Nützlichste sein, wenn Sie sich als erstes einmal mit den Entladungsröhren beschäftigen und vertraut machen."

Am folgenden Tag unterschrieb er folgende Erklärung mit „Jean-Jacques Lissou":

„Ich verpflichte mich hiermit, über alle Untersuchungen, an denen ich beteiligt bin oder von denen ich im Laufe meiner Arbeit erfahre, strengstes Stillschweigen zu bewahren. Ich habe die von den Gesetzen vorgesehenen Bestimmungen zur Unterdrückung von Industriespionage zur Kenntnis genommen. Ich verpflichte mich weiterhin, keinerlei Aufzeichnungen — auch nicht persönlicher Art — über irgendwelche Projekte zu machen, mit denen ich im Rahmen meiner Tätigkeit im Labor der S.F.E.C.G.A.M.Q. in Berührung komme."

Die Falle war gestellt.

Während der drei ersten Wochen rührte sich nichts.

Raubtierjäger pflegen eine Ziege an einen Pfahl zu binden, um den Löwen anzulocken, dachte Lennet, bei meinem letzten Auftrag hat die liebe Silvia* diese Rolle übernommen. Diesmal darf ich die Ziege spielen. Ich finde das alles ziemlich lächerlich! Es war auch „lächerlich". Aber nur die ersten drei Wochen. Dann senkte sich eine eigenartige Spannung auf Lennet. Er spürte sie ganz deutlich, in sich und um sich.

Der Feind, mutmaßte er, hat mich entdeckt. Jetzt bereitet er sich zum Angriff vor...

Eines Morgens saß Lennet über sein Elektronenmikroskop gebeugt und studierte die Struktur eines synthetischen Rubins, in den man eine kleine Menge Chrom eingeführt hatte.

Er bemerkte die Sekretärin des Labors erst, als sie ihm ihre Hand auf die Schulter legte.

„Herr Jean-Jacques, Sie werden am Telefon verlangt!"

Im allgemeinen war es den Angestellten des Labors nicht gestattet, Privatgespräche zu führen oder zu empfangen. Außerdem wußten nur die Chefs vom SNIF über Lennets neue „Stelle" Bescheid, und sie hatten andere Mittel, sich mit ihm in Verbindung zu setzen. Es konnten also nur „die anderen" sein. Endlich!

„Danke. Ich komme."

Langsam erhob er sich. Er schien es nicht eilig zu haben. Lautlos bewegte er sich zum Telefon. Er ging mit dem katzengleichen Gang der Männer, deren Beruf es ist, sich in Gefahr zu begeben.

* Siehe „Geheimagent Lennets erster Auftrag"

„Hallo?"

„Hallo, spricht dort Jean-Jacques Lissou?"

„Wer ist dort?"

„Ein Freund."

„Privatgespräche sind bei uns leider verboten, mein Herr."

„Aber! Aber! Verboten..." spöttelte die recht vulgäre Stimme am anderen Ende des Drahtes.

Lennet war eingehend darauf geschult worden, sich auch die unbedeutendsten Kleinigkeiten eines Gesprächs tief einzuprägen.

„Verboten oder nicht", fuhr die Stimme fort. „Ich dachte, es würde Sie vielleicht interessieren, wieder einmal etwas von der Angelegenheit Barnabé zu hören..."

Angelegenheit Barnabé? Das war eine jener kleinen Gaunereien, in die Jean-Jacques Lissou verwickelt gewesen war. Jetzt gab es keinen Zweifel mehr: Er sprach mit jemandem von den „anderen". Mit einem Mitglied des BIDI.

„Hören Sie", erwiderte Lennet. „Ich weiß zwar nicht, wer Sie sind, aber ich habe den Eindruck, daß Sie Ihre Zeit verschwenden. Die Angelegenheit Barnabé ist längst geregelt."

„Längst geregelt? Ach, wirklich? Na, dann unterhalten wir uns eben ein bißchen über den Skandal Cernot."

Den alten Cernot hatten die damaligen Freunde Jean-Jacques Lissous mit nicht unerheblichem Erfolg erpreßt. Aber auch Cernot war entschädigt worden.

„Mir scheint", spottete Lennet, „Sie lesen die falschen Zeitungen. Ihre dürften noch vom letzten Jahr sein. Guten Abend."

Er legte auf.

Die Sekretärin sah ihn mit großen, erstaunten Augen an. „Sie erhalten ja höchst eigenartige Anrufe, Herr Jean-Jacques!"

Er seufzte.

„Glauben Sie mir, Kindchen, wenn ich Ihnen aufgrund meiner langjährigen Erfahrung sage, daß es niemals etwas einbringt, wenn man die Gespräche anderer Leute mit anhört.

Man läuft dabei immer Gefahr, sehr viel zu hören, was man lieber nicht hören sollte. Mir ist das schon passiert."

Noch bevor sie etwas erwidern konnte, läutete das Telefon zum zweitenmal.

„Für Sie, Herr Lissou. Ich gehe hinaus."

Mit hoch erhobenem Kopf schritt sie aus dem Zimmer. Knallend flog die Tür hinter ihr ins Schloß.

„Jean-Jacques Lissou?" fragte dieselbe Stimme wie vorhin.

„Ja. Was wollen Sie von mir?"

„Nun reg dich bloß nicht gleich auf, mein Junge. Ich will ja nur dein Bestes. Was meinst du, ob sich deine neuen Chefs wohl freuen würden zu hören, daß du in so krumme Sachen wie den Fall Glum verwickelt warst?"

„Wozu den ganzen alten Staub wieder aufwirbeln? Ich kann mir beim besten Willen nicht vorstellen, was Sie sich davon versprechen. Aber da Sie schon so gut informiert sind, sollten Sie auch wissen, daß ich von vorn angefangen habe..."

„Nun mach bloß keine Witze! Von vorn angefangen, als ob du damit etwas ungeschehen machen könntest."

Hundertmal hatte Lennet diese Rolle geübt. Wie würde sich Lissou in einer solchen Situation verhalten? Was würde er sagen? Was würde er empfinden? Wahrscheinlich würde er zwischen Angst und Angeberei hin- und hergerissen sein.

„Und ich mache Sie noch einmal darauf aufmerksam", erklärte er, „daß es meine Vorgesetzten gar nicht gerne haben, wenn das Personal während der Arbeitszeit Telefongespräche empfängt. Was Glum, Cernot und Barnabé betrifft, so ist das alles längst erledigt und vergessen. Ich bin damals vielleicht etwas leichtsinnig gewesen, aber inzwischen hat Papa alles bestens geregelt."

„Geregelt, geregelt, das ist leicht gesagt. Du arbeitest doch in einem Labor, in dem ziemlich wichtige Forschungen vorgenommen werden, oder? Die Arbeitgeber von solchen Leuten haben es meist nicht sehr gern, wenn ihre Angestellten eine etwas undurchsichtige Vergangenheit haben und zu Leuten Verbindungen gehabt haben, die..."

„Wenn Sie sich einbilden, daß Sie besonders witzig sind, dann irren Sie sich gewaltig", unterbrach ihn Lennet. „Ich habe zu niemandem Verbindungen und gedenke auch keine aufzunehmen. Haben Sie mich verstanden? Außerdem verbitte ich mir, mich weiterhin telefonisch zu belästigen."

Wieder knallte er den Hörer auf die Gabel.

Als er die Tür öffnete, stand er der Sekretärin gegenüber.

„Wenn noch einmal jemand für mich anruft, dann sagen Sie doch bitte, ich sei bei einer Besprechung!"

Erpressung

Jedes Land ist bemüht, anderen Ländern ihre Industriegeheimnisse zu entreißen, ohne jedoch die eigenen preisgeben zu wollen. Es gibt sogar Organisationen auf internationaler Ebene, die aus diesem ständigen Wettstreit Kapital schlagen: Ihre Verbindungsleute entwenden wichtige Formeln, Proben und Pläne, die dann an den Meistbietenden weiterverkauft werden.

Während Geheimagenten unter anderem die Aufgabe haben, im ständigen Einsatz ihrem Vaterland dazu zu verhelfen, den weltweiten Industriewettstreit auf friedliche Art und Weise zu gewinnen, haben die heimatlosen Banditen wesentlich niedrigere Ziele: Ihnen geht es einzig und allein darum, sich zu bereichern, ohne Rücksicht auf die möglichen Katastrophen, die „dank" unserer technischen und wissenschaftlichen Errungenschaften so leicht auszulösen sind.

BIDI war der offizielle Name für einen solchen Banditenring: Bureau International de Documentation Industrielle (Internationale Organisation für Industriedokumente) — so lautete der Firmenname. Er verkaufte der Fabrik X die Geheimnisse des Labors Y. Dem BIDI war es gleichgültig, ob seine Vertragspartner Türken oder Japaner waren. Hauptsache, sie bezahlten in bar.

Schon jahrelang waren Polizei und Gegenspionageorganisationen der ganzen Welt erfolglos hinter dem BIDI her. Immer wieder hatte man versucht, seiner Führungsleute habhaft zu werden, aber umsonst.

Hauptmann Laval hatte sich inzwischen eine ganz bestimmte Meinung über den BIDI gebildet.

„Wenn wir nur den kleinen Finger des BIDI sehen, versuchen wir ihm mit Kanonenschüssen beizukommen! Diese Taktik ist verkehrt! Wir müssen ihn zwingen, den kleinen Finger zu zeigen, dann die ganze Hand, den Arm, die Schulter — erst wenn der Kopf erscheint, dürfen wir das Feuer eröffnen."

Darum also hatte man darauf verzichtet, den Erpresser von Jean-Jacques Lissou aufzuspüren, obwohl man wußte, daß auch er zum BIDI gehörte. Man wartete auf eine günstige Gelegenheit, den Kopf der Organisation zu erwischen.

Ein Jahr später ergab sich diese günstige Gelegenheit. Dem SNIF war ein Berufsspion in die Hände gefallen, der zugab Mitglied des BIDI gewesen zu sein. Die Organisation dieses Spionagerings war aber so gut durchdacht, die einzelnen Abteilungen so sicher voneinander abgeschlossen, daß der Gefangene nur sehr wenige genaue Auskünfte geben konnte. Allerdings wußte er unter anderem zu berichten, daß sich der BIDI ungemein für das Labor der Physik der festen Körper von Professor Steiner interessierte.

„Soviel ich weiß", berichtete der Spion, „haben sie noch niemanden in die Firma eingeschleust. Sie haben aber bereits mit einem leitenden Angestellten Kontakt aufgenommen, der ihnen die Durchschriften sämtlicher Personalakten zugehen läßt. Diese Akten werden eingehend studiert. Sobald der BIDI einen Angestellten der Forschungsabteilung ausfindig gemacht hat, der aus irgendeinem Grund erpreßt werden kann, werden die Betriebsgeheimnisse der Firma Houchoir keine Geheimnisse mehr sein."

Nichts wäre naheliegender gewesen, als eine Untersuchung anzustellen, wer dem BIDI die Personalakten zuspielte. Doch

Laval war vorsichtig genug, keinen solchen Schritt zu unternehmen. Er beschloß vielmehr, vorübergehend am Spiel des Gegners teilzunehmen.

Der Augenblick, die Identität des jungen Lissou einzusetzen, war da. Laval hatte lange genug darauf gewartet.

Die Mission wurde dem jungen Agenten Lennet anvertraut.

Als das Telefon ein drittes Mal läutete, teilte die Sekretärin dem Anrufer gehorsam mit, daß Herr Lissou bei einer Besprechung sei.

„Bei einer Besprechung?" höhnte die Stimme am anderen Ende. „Sie glauben doch wohl nicht ernstlich, daß ich Ihnen das abkaufe? Mit wem sollte Jean-Jacques Lissou schon eine Besprechung haben? Sagen Sie ihm doch, daß ich ihn heute abend nach der Arbeit in einem grauen Peugeot 403 erwarte. Und sagen Sie ihm auch, daß es keinen Sinn hat, mit mir Katz und Maus spielen zu wollen."

„Und in wessen Auftrag darf ich ihm das ausrichten?"

„Im Auftrag von... Warten Sie. Sagen Sie ihm ‚im Auftrag seines Onkels'. Haha!"

Wort für Wort bestellte die Sekretärin, was man ihr aufgetragen hatte.

„Sie werden mir gleich wieder sagen, daß mich das nichts angeht, Herr Jean-Jacques. Trotzdem finde ich, daß sie recht merkwürdige Onkel haben."

Lennet markierte den Verlegenen.

Um halb sieben verließ er das Labor. Sich unruhig nach allen Seiten umsehend, lief er auf die U-Bahnstation zu. Er sah den Peugeot 403 nicht sofort. Er hatte zwischen zwei anderen Wagen am Straßenrand geparkt. Die eine Wagentür stand offen. Lennet wollte gerade daran vorbeigehen, als ihn die bekannte Stimme anrief: „Hallo, Jean-Jacques, kennst du deine alten Kumpels nicht mehr?"

Uff! Der Unbekannte hatte Lennet mit seinem angenommenen Namen angeredet. Das bedeutete, daß der Erpresser von Nantes — oder sein Abgesandter — Jean-Jacques Lissou nicht persönlich kannte. Er kannte lediglich seinen Namen, seine Straftaten und Lennets Foto, das der Personalakte beigefügt war.

Die Angelegenheit, die schon beim ersten Ansatz hätte scheitern können, ließ sich gar nicht so schlecht an. Lennet zuckte zusammen, wie es sich gehörte, wandte den Kopf um, und warf dem Fahrer des Peugeot einen verstohlenen Blick zu.

Der Mann war ungefähr vierzig Jahre alt. Er hatte einen auffallend eiförmigen Kopf, dunkelbraune, beinahe schwarze Haut und sehr blasse, wulstige Lippen. Er trug einen schmutziggrünen Anzug mit dazu passender Krawatte und ein feingestreiftes Hemd mit riesigen Manschettenknöpfen.

All das übersah Lennet mit einem einzigen Blick. Sein Gehirn hatte auch bereits das polizeiliche Kennzeichen des Wagens notiert.

„Komm, mein Kleiner, steig schon ein", forderte ihn der Fremde auf. „Wir zwei werden eine kleine Spritztour unternehmen."

Lennet war stehengeblieben. Er spielte den Unentschlossenen.

„Muß denn das sein?"

„Es muß sein, mein Kleiner, nun beeil dich schon. Haha! Und wenn du erst einmal weißt, um was es geht, dann wirst du es nicht bereuen, daß du auf dein altes Onkelchen Olivier gehört hast."

„Ich habe keinen Onkel Olivier. Und Sie habe ich noch nie im Leben gesehen."

„Dafür siehst du mich jetzt! Onkelchen Olivier bin ich. Ich bin der gute Onkel von allen Papasöhnchen deiner Sorte. Mach jetzt, daß du in den Wagen kommst, sonst muß ich noch wegen unerlaubten Parkens Strafe zahlen. Ich verstoße nämlich nicht gerne gegen die Gesetze, weißt du!"

Lennet, der immer noch so tat, als könne er sich nicht entschließen, krabbelte in den Wagen.

Onkelchen Olivier zündete sich eine Zigarre an und fuhr los. Der 403 rollte in Richtung Pont de Sèvres.

Am Straßenrand stand ein Peugeot 403

„Ich wohne aber ganz entgegengesetzt", begehrte Lennet auf.

„Wir machen einen kleinen Ausflug in den Bois de Boulogne", erklärte „Onkelchen Olivier" in gewollt scherzhaftem Ton, der Lennet ganz und gar nicht gefallen wollte.

„Hören Sie", sagte er, „was wollen Sie von mir? Wozu die Telefongespräche und diese Entführung? Was habe ich Ihnen denn getan? Ich habe Schulden gemacht, ich weiß, aber die sind längst bezahlt. Sie unterbrechen mich mitten in der Arbeit. Was haben Sie denn davon, wenn Sie mich bei meinen Arbeitgebern in ein schlechtes Licht setzen? Wenn ich Ihnen aus irgendwelchen Gründen Geld schulden sollte, dann sagen Sie es mir. Wir könnten uns bestimmt einigen. Aber hören Sie endlich auf, mit mir Versteck zu spielen."

Onkelchen Olivier lächelte belustigt.

„Du kannst ganz beruhigt sein, mein Kleiner. Du schuldest mir keinen Groschen."

„Dann lassen Sie mich gefälligst in Frieden. Die Angelegenheiten Barnabé, Cernot und Glum interessieren keinen Menschen mehr. Wenn der gute, alte Houchoir davon erführe, würde er sich zwar bestimmt nicht gerade darüber freuen, aber Professor Steiner hat mich sehr gerne und wird mir sicherlich helfen. Lassen Sie mich bitte an der nächsten U-Bahnstation aussteigen. Wir haben einander wohl nichts mehr zu sagen."

Mit einem Ruck blieb Onkelchen in einer wenig befahrenen Straße stehen. Seine bisher gutmütigen Züge verfinsterten sich zusehends.

„Genug gespaßt", fuhr er Lennet an. „Vor einem Jahr bist du uns durch die Lappen gegangen. Aber diesmal entwischt du uns nicht wieder, das kann ich dir flüstern. Ein Scheck mit der Unterschrift ‚Sylvestre Lissou', vielleicht erinnert dich das an etwas?"

Erschrocken warf sich Lennet zurück. Hauptmann Lavals Plan funktionierte ausgezeichnet. Er durfte jetzt keinen Fehler machen.

„Dann waren also Sie es, der mich damals angerufen hat?" stammelte er bestürzt.

„Nein. Ich interessiere mich nicht sonderlich für Bohnerwachs. Dafür interessiere ich mich aber um so mehr für Laserstrahlen. Bei uns gibt es so ziemlich alles, mußt du wissen. Wir berücksichtigen die ausgefallensten Wünsche unserer Kunden. Von Teigwaren bis zu künstlichen Satelliten. Alles, was der Kunde verlangt..."

„Und meinen Scheck haben Sie also noch?"

„Tja, ganz zufällig."

„Er lautete auf fünftausend neue Francs, wenn ich mich nicht irre. Das wäre nicht so schlimm..."

„Du hast ein sonniges Gemüt. Du weißt nur allzu gut, daß dich dein Onkel Sylvestre mit dem größten Vergnügen ins Gefängnis bringen würde, und wäre es nur, um deinen Vater zu ärgern. Im übrigen wäre er im Recht: eine gefälschte Unterschrift ist nun mal eine gefälschte Unterschrift."

„Gut, gut, ich weiß. Hören Sie, diese Art von Gesprächen macht mir nicht das geringste Vergnügen. Sagen Sie mir, was Sie wollen, und ich werde sehen, was ich tun kann ... Wieviel verlangen Sie? Die fünftausend Francs?"

„Nein, mein Kleiner, schlag dir das aus dem Kopf. Ich pfeife auf deine fünftausend Francs. Du bist zwar nicht gerade der Hellste, das ist mir bereits aufgefallen, aber so dumm, daß du nicht begriffen hättest, um was es mir geht, bist du nun auch wieder nicht."

Er grinste Lennet an.

„Um was geht es denn? Ein Dokument? Eine Formel? Ein synthetischer Rubin?"

Lange streichelte Onkelchen Olivier das Lenkrad, dann heftete er seine kalten, graugrünen Augen auf Lennet.

„Einen wöchentlichen Bericht über die Forschungen von Professor Steiner."

„Wöchentlich?"

„Ja, jede Woche einen."

„Aber ich nehme nicht unmittelbar an seinen Forschungen teil."

„Das ist deine Sache. Frage ihn aus. Frage seine Assistenten und Sekretärinnen, durchsuche seinen Papierkorb. Wie du es anstellst, ist ganz dir überlassen."

„Wissen Sie, wie gefährlich das für mich ist?"

„Glaubst du wirklich, daß mich das interessiert?"

Doch so schnell gab sich Lennet nicht geschlagen. Er versuchte Onkelchen Olivier Geld anzubieten, sehr viel Geld.

„Papa hat sehr viel Geld, wissen Sie ..."

Doch Olivier lachte nur.

Lennet verlegte sich aufs Bitten.

„Versuchen Sie doch, mich zu verstehen. Nun bin ich gerade

dabei, mich aus dem ganzen Schlamassel herauszuarbeiten, und Sie wollen mich wieder hineinstoßen!“

Olivier seufzte geduldig.

Offensichtlich war er an diese Art von Gesprächen gewöhnt und wußte schon im voraus, wie sie endeten.

Schließlich erkundigte sich Lennet, wie lange er die Berichte liefern müßte. Olivier grinste und schlug ihm auf die Schulter.

„Na siehst du, mein Kleiner, so gefällst du mir schon viel besser. Drei Monate lang wirst du mir die Berichte umsonst geben. Nach Ablauf dieser drei Monate erhältst du deinen Scheck zurück. Anschließend arbeitest du weiter für mich, aber gegen Bezahlung. Tausend neue Francs pro Bericht, einverstanden?“

Lennet tat beeindruckt. Schüchtern erkundigte er sich, was geschehen würde, wenn er, nachdem er seinen Scheck zurück hatte, keine Berichte mehr lieferte.

„Das wäre nicht sehr klug von dir, mein Kleiner. Erstens würdest du kein Geld mehr erhalten und zweitens hätten deine Arbeitgeber binnen kürzester Zeit einen versiegelten Umschlag in Händen mit den Kopien von allen deinen bisherigen Berichten. Ich nehme an, du kannst mir folgen ...“

„Sie kennen wohl kein Erbarmen?“

„Erbarmen? Kenn ich nicht. Vielleicht kannst du mir das Wort mal buchstabieren!“

Schritt für Schritt gab Lennet nach. Er durfte nichts überstürzen.

Zum Abschluß wollte er noch etwas wissen.

„Und wer garantiert mir, daß Sie mir in drei Monaten meinen Scheck aushändigen?“

Onkelchen Olivier lächelte wohlwollend.

„Ich, mein Kleiner, du hast mein Wort als Ehrenmann!“

Das Spiel wird ernst

Als Lennet an diesem Abend in sein Zimmer zurückkehrte, schrieb er zwei Briefe. Der eine davon war nichtssagend und an „seinen Vater", Herrn Lissou, gerichtet. Er erzählte darin von seiner Arbeit und erwähnte eine mögliche Gehaltserhöhung in drei Monaten...

Der andere Brief war chiffriert. Er war an ein Postfach des SNIF adressiert, wo ihn ein Mittelsmann abholen und ungelesen Hauptmann Laval überbringen würde. Dieser Brief enthielt sämtliche Einzelheiten der Unterredung, eine genaue Beschreibung von „Onkelchen Olivier" sowie die Autonummer des Peugeot 403.

Nachdem Lennet die beiden Umschläge zugeklebt hatte, klopfte er an die Tür seines Zimmernachbarn, eines jungen, freundlichen und stets hilfsbereiten Automechanikers.

„Guten Abend, Robert, könnten Sie wohl so freundlich sein, diesen Brief morgen früh, wenn Sie an der Post vorbeigehen, aufzugeben? Für Sie ist es kein Umweg, und der Brief kommt schneller an."

„Aber gerne, Jean-Jacques, wird pünktlich morgen früh um sieben Uhr erledigt."

Es war der an den SNIF adressierte Brief, den Lennet dem Automechaniker anvertraut hatte.

Immer drei Stufen auf einmal nehmend, lief er anschließend die sieben Stockwerke hinunter.

Den an Herrn Lissou gerichteten Brief hielt er deutlich sichtbar in der Hand.

Die Straße war schwach beleuchtet. Nur noch wenige, vereinzelte Fußgänger hatten es eilig, nach Hause zu kommen. Es hatte leicht zu regnen begonnen. Lennet hielt auf den kleinen Tabakladen an der Ecke zu. Gleich nebenan befand sich ein Briefkasten.

Da geschah das, was er erwartet hatte. Als er nur noch wenige Schritte von dem Briefkasten entfernt war, baute sich ein riesiger Schatten drohend vor ihm auf.

Mit dem linken Ellbogen rempelte er Lennet, während er ihm mit der rechten Hand den Brief entriß. „He, Sie! Passen Sie doch gefälligst auf! Was wollen Sie denn mit meinem Brief? Geben Sie ihn mir sofort zurück!"

Doch die Gestalt war schon nicht mehr zu sehen.

Höchst zufrieden mit sich selbst machte sich Lennet auf den Heimweg.

Onkelchen Olivier hatte ihm zum Abschied noch eingeschärft: „Laß dir vor allem nicht einfallen, deinen Vater

„He, Sie! Was wollen Sie mit meinem Brief?"

oder die Polizei zu benachrichtigen. Denke daran, daß ich dich Tag und Nacht im Auge habe!"

Er hatte also nicht gelogen. Dem BIDI lag immerhin so viel an Jean-Jaques Lissou, daß er ihn dauernd beobachten ließ. Der Brief, den man ihm eben entrissen hatte, würde geöffnet, gelesen und dann an seinen Empfänger weitergeschickt werden. Herr Lissou, den der SNIF soweit als nötig informiert hatte, würde sich über nichts wundern. Und der ahnungslose Robert würde morgen früh den chiffrierten Brief an Hauptmann Laval aufgeben.

Bisher verlief alles programmgemäß.

Auch in den folgenden Wochen nahm alles seinen geregelten Gang.

Einmal in der Woche, jedoch immer an verschiedenen Tagen, ging Lennet abends auf den großen Boulevards spazieren. Amüsiert hörte er den ihre Ware anpreisenden Straßenhändlern zu, schlenderte an ihren Ständen vorbei, kaufte ein neuartiges Gasfeuerzeug oder ein Paar Hosenträger, die er ganz bestimmt nie im Leben tragen würde. Er wußte, daß er verfolgt wurde, ließ sich aber durch diesen Gedanken nicht aus der Ruhe bringen.

Wenn er an ein bestimmtes Café gelangte, ging er hinein, trank ein kleines Bier und verschwand dann in der Toilette.

Dort gab es eine Tür, die immer verschlossen war. Wenn man den Türknopf jedoch auf eine ganz bestimmte Art und Weise betätigte, gab sie nach. Hinter dieser Tür befanden sich ein Waschbecken und eine weitere Tür, die sich auch nur von Eingeweihten öffnen ließ. Hinter der zweiten Tür führte eine Treppe ins Obergeschoß. Die Treppe mündete in einen großen Raum, der durch einen Schalter mit dicken Gitterstäben in zwei Teile geteilt wurde. Vor dem Schalter hielt sich ein schwerbewaffneter Wachtposten auf, hinter dem Schalter saß ein Mann, der aussah wie ein Bankkassier.

Lennet ging zu der kleinen Schalteröffnung, nannte das Losungswort des Tages und gab seine SNIF-Agentennummer an.

Der Kassier suchte in seiner Kartei, zog einen Umschlag heraus, reichte ihn Lennet und ließ ihn eine Empfangsbestätigung unterschreiben.

„Vielen Dank", sagte Lennet und lächelte.

Dann ließ er den Umschlag tief in der Innentasche seiner Jacke verschwinden und lief die Treppe wieder hinunter.

Wieder im Café, manchmal direkt vor der Toilettentür, entdeckte er seinen Bewacher. Entweder die unheimliche Gestalt von neulich abend oder irgendein anderes, nicht viel angenehmer aussehendes Individuum.

Oft noch am selben, manchmal am nächsten oder übernächsten Tag mußte Lennet zu seiner Verabredung mit dem BIDI.

Ort und Zeit des Zusammentreffens waren jedesmal verschieden. Einmal erwartete Onkelchen Olivier seinen jungen Freund am Kinoeingang, ein anderes Mal vor der Kirche, dann wieder in einem überfüllten Café oder in einem U-Bahnhof. Sobald sie einander bemerkt hatten, gingen sie sich langsam entgegen. In dem Augenblick, in dem sie aneinander vorbeischritten, ließ Onkelchen Olivier wie zufällig einen Umschlag fallen, den er in der Hand gehalten hatte. Lennet bückte sich, hob ihn auf und rief: „Hallo, mein Herr! Sie haben etwas verloren ..."

„Oh, vielen Dank! Sehr freundlich!"

Lennet behielt den Umschlag, den er soeben aufgehoben hatte, und der die näheren Angaben für die nächste Verabredung enthielt, und reichte Olivier den vom SNIF verfaßten Bericht.

In diesem Bericht standen alle möglichen näheren Angaben über die Forschungsarbeit von Professor Steiner, die selbstverständlich samt und sonders erfunden und falsch waren. Um ihn glaubhafter erscheinen zu lassen, hatte Hauptmann Laval auch nicht vergessen, aus Notizblöcken herausgerissene Zettel, die über und über mit einer völlig unleserlichen Schrift beschmiert waren, Löschblattfetzen, Fotos usw. beizulegen. Die ganze Kollektion war von Fachleuten des SNIF, unterstützt von Physikern von „Laser-Maser", zusammengestellt worden.

Alle Informationen, die dem BIDI auf diese Art und Weise zugeleitet wurden, wären noch vor ein paar Monaten hochinteressant gewesen. Inzwischen aber hatten sämtliche Fachleute davon Kenntnis, und ihr Handelswert war daher gleich null. Allerdings würde der BIDI einige Zeit benötigen, um diese Täuschung zu bemerken.

Doch sonst unternahm der SNIF nicht das geringste, um Onkelchen Olivier festzusetzen oder zumindest zu verfolgen. Der Fisch hatte angebissen. Er durfte auf keinen Fall durch irgendeine überstürzte Handlung verscheucht werden.

Das war zumindest die unerschütterliche Meinung von Hauptmann Laval. Doch die weiteren Ereignisse hielten noch allerlei Überraschungen für ihn bereit...

Alle Zeitungen schrieben von dem künstlichen, sowjetischen Satelliten, der mit Mann und Maus verschwunden war. In diesem Zusammenhang wurden die unglaublichsten Vermutungen angestellt.

Offensichtlich war es niemandem aufgefallen, daß das Verschwinden des Satelliten eigenartigerweise mit dem Ausbruch algerisch-marokkanischer Grenzstreitigkeiten zusammengefallen war.

Niemand – wenn wir von einigen, wenigen Experten absehen – vermutete in diesen beiden Vorfällen irgendeinen Zusammenhang. Lediglich Lennets unmittelbare Vorgesetzte sowie Kommissar Didier vom DST (Défense des Secrets Territoriaux = franz. Spionage-Abwehr) wußten etwas von der Rolle, die der junge Geheimagent Lennet in dieser Angelegenheit spielte.

Die Schlacht, die sich der SNIF und der BIDI nun schon seit über zwei Monaten unbemerkt lieferten, sollte bald ihre ersten Erfolge zeigen. Onkelchen Olivier hatte genug Zeit gehabt, sich von der Ehrlichkeit des jungen Jean-Jacques Lissou zu überzeugen.

„In deinen Berichten steht zuviel Überflüssiges“, teilte er ihm eines Abends mit. „Einiges ist ganz brauchbar, anderes wieder überhaupt nicht. Hast du denn immer noch nicht begriffen, daß mich nur ein einziges Problem interessiert: der Diodenlaser?"

„Professor Steiner ist mit seinen Untersuchungen darüber aber noch nicht fertig."

„Ich weiß aber ganz genau, daß er bereits ein Versuchsmodell fertiggestellt hat! Steiner hat es dem Institut für Raumforschung oder irgend so einer Gesellschaft geschenkt. Das wissen wir aus verläßlicher Quelle. Und ich bin überzeugt, daß er ein weiteres Modell bauen wird. Du mußt mir unbedingt Fotos aus seinem persönlichen Labor beschaffen."

An diesem Punkt nahmen die Ereignisse ganz unerwartet eine ziemlich dramatische Wendung.

Lennet war gerade auf dem Weg vom Labor zur U-Bahnstation Marcel-Sembat, als er seinen Namen rufen hörte.

„Jean-Jacques!"

Er wandte sich um. Der graue 403 rollte mit halbgeöffneter Tür neben ihm her. Er bemerkte sofort, daß der Wagen eine andere Autonummer hatte.

„Steig ein!"

Onkelchen Olivier saß am Steuer. Auf dem Rücksitz saß noch ein Mann, dessen Gesicht durch einen breitrandigen Hut halb verdeckt war.

Lennet stieg vorne ein. Nach und nach hatte er es sich angewöhnt, alle Anordnungen zwar zu befolgen, aber zunächst einmal erst zu meutern.

„Was ist denn heute los, Onkel Olivier? Ich hoffe, es dauert nicht allzu lange. Ich habe mich nämlich mit der Laborsekretärin fürs Kino verabredet."

Olivier verzog das Gesicht.

„Tut mir leid, mein Kleiner. Die Laborsekretärin wird heute abend auf deine Gesellschaft verzichten müssen."

Lennet seufzte.

„Gut, dann werden Sie eben auch auf die Informationen verzichten müssen, die ich ihr bestimmt zwischen zwei Coca Colas entlockt hätte!"

„Heute abend geht es um etwas ganz anderes. Deine Informationen kannst du ihr auch ein anderes Mal entlocken."

„Dann lassen Sie mich wenigstens anrufen und absagen."

„Nun mach keine Geschichten, Jungchen. Ich habe wirklich wichtigere Dinge im Kopf als deine Sekretärinnen. Wenn du unbedingt plaudern willst, dann versuch es doch mal mit Huc hinten."

Lennet drehte sich um. Unter dem Hut erkannte er die affenähnlichen Gesichtszüge jener Gestalt, die ihm vor zwei Monaten den bewußten Brief entrissen hatte.

„Ihr Herr Huc scheint mir nicht der geborene Plauderer", bemerkte Lennet spöttisch.

„110 Kilo, 130 Brustumfang, hebt sein eigenes Gewicht, ehemaliger Berufscatcher, willst du sonst noch etwas wissen?" fragte Onkelchen Olivier und kicherte.

Huc grinste blöde unter seinem Hut hervor.

Der 403 schlug die gleiche Richtung ein wie bei der ersten „Spazierfahrt".

„Was denn nun? Fahren wir wieder in den Bois?"

„Nein, mein Kleiner. Diesmal unternehmen wir eine Spazierfahrt zum BIDI."

Es war das erste Mal, daß Onkelchen Olivier diese vier Buchstaben in Lennets Gegenwart aussprach. Das erste Mal, daß er indirekt zugab, zu jener geheimnisvollen Organisation zu gehören.

Der junge „Lissou" hielt es für angebracht, den Besorgten zu spielen.

„Was für ein Bidi? Was soll denn das sein, Ihr Bidi? Ein neues Lokal?"

„Der BIDI, das ist unser Zuhause!" erklärte Huc und grinste dümmlich.

„Der Catcher spricht die Wahrheit", bestätigte Onkelchen Olivier feierlich. „Der BIDI ist die Internationale Organisation für Industriedokumente, die sich auf der ganzen Welt eines ausgezeichneten Rufs erfreut, und deren Mitglieder zu sein, Herr Huc und ich die außerordentliche Ehre haben."

„Und warum muß ich dahin? Ich schwöre Ihnen, daß ich Ihnen alles berichtet habe, was ich weiß. Ich habe mein Möglichstes getan. Das schwöre ich ..."

Der junge Lissou wurde ganz offensichtlich von Angst befallen. Die wulstigen Lippen von Onkelchen Olivier brachten ein befriedigtes Schmatzen hervor. Auch Huc grinste begeistert.

Den beiden scheint es Spaß zu machen, wenn sie jemandem Angst einjagen können, dachte Lennet bei sich, wenn es weiter nichts ist ...

„Und wenn Sie mich umbringen, ich werde Ihnen nichts weiter sagen, weil ich Ihnen schon alles gesagt habe. Glauben Sie mir doch! Sie brauchen mich gar nicht mitzunehmen zu Ihrem BIDI! Am besten, Sie lassen mich gleich hier aussteigen, dann schaffe ich es auch noch ins Kino. Und Samstag erhalten Sie den wöchentlichen Bericht!"

„Halt die Klappe, Lissou", schnauzte ihn Onkelchen Olivier wütend an. „Los, Huc, verbinde ihm die Augen."

Eine stählerne Hand drückte Lennet so fest in seinen Sitz, daß ihm die Luft wegblieb. Im nächsten Moment hatte er ein schwarzes Tuch vor den Augen.

Im Hauptquartier des BIDI

Schweigend fuhren sie noch ungefähr eine Stunde. Allerdings wußte Lennet nicht, ob sie irgendwelche Umwege gemacht hatten oder direkt zum Sitz des BIDI gefahren waren.

Er hatte es vorgezogen, nicht zu fragen. Onkelchen Olivier hatte ihm mitgeteilt, daß er der Direktion des BIDI vorgestellt werden würde, wo man ihm ein interessantes Angebot unterbreiten wollte.

Olivier bremste scharf.

„Darf ich das Tuch jetzt abnehmen?"

„Immer schön mit der Ruhe."

Huc führte Lennet durch eine oder zwei Türen eine Treppe hinunter. Ein paar Worte wurden in einer Lennet unbekannten Sprache gewechselt. Wieder gruben sich Hucs Finger in seinen Arm.

Endlich befahl Hucs hohe Fistelstimme: „Nimm das Tuch ab."

Lennet riß dich die Binde von den Augen.

Er stand in einem kleinen, viereckigen Raum. Ein vergittertes Fenster ließ einen engen, von hohen Mauern umgebenen Hof erkennen. In dem Zimmer befanden sich ein Tisch, Stühle, ein Sofa und ein Waschbecken. Wahrscheinlich eine Art Gefängnis, aber nicht so schlecht!

Huc öffnete die Tür und murmelte etwas vor sich hin, was sich anhörte wie: „Ich gehe der Direktion Bescheid sagen ..."

Das Abenteuer schien endgültig begonnen zu haben.

Eine halbe Stunde verging, ohne daß sich etwas ereignete.

Jetzt half Lennet seine angeborene Ruhe. Der junge Agent war nicht im mindesten aufgeregt. Er verspürte sogar etwas wie Vorfreude auf die nahende Gefahr. Seine Sinne waren wacher denn je.

Die Tür öffnete sich einen Spalt und Onkelchen Oliviers Kopf erschien.

„Tritt näher, mein Kleiner. Die Direktion verlangt nach dir. Ich habe dich ihr in den buntesten Farben geschildert. Es gibt nichts Besseres als eine warme Empfehlung von Onkelchen Olivier."

War das nun Spaß oder Ernst?

Onkelchen Olivier hatte ihm seine fette Hand auf die Schulter gelegt und schob ihn vor sich her. Sie gingen über einen Gang, stießen eine Tür auf und standen an einer Betontreppe, die ins Tiefparterre führte.

„Weiter, weiter, mein Alter!"

Zögernd kletterte Lennet hinunter. Wieder ein Gang mit mehreren gepanzerten Türen auf der rechten Seite.

„Weiter, ganz nach hinten, mein Kleiner!"

Am Ende des Ganges befand sich eine gepanzerte Tür, die

Eine kleine, alte, runzelige Dame thronte hinter dem Schreibtisch

nur durch ein elektronisch funktionierendes Schloß zu öffnen war. Olivier drückte nacheinander auf drei Knöpfe. Langsam drehte sich der Türflügel und schwang auf.

Entschlossen trat Lennet hindurch.

Im nächsten Moment stand er in einem großen, fensterlosen Saal. In jeder der vier Ecken befand sich ein äußerst stabil aussehender Safe. Die grelle Neonbeleuchtung erhellte alle Winkel und Ecken. Da waren Schreibtische, Ordner und das Schaltpult eines Elektronengehirns. Das trockene Rattern von Fernschreibern klang an Lennets Ohr. Die Kontrollampen einer Telefonzentrale leuchteten auf und verloschen. Auf schmalen Schienen kurvten kleine Wägelchen durch den Raum, rissen die Papierstreifen von den Fernschreibern und blieben vor großen Metallkassetten stehen, die sich automatisch öffneten und dicht beschriebene Zettel ausspuckten ...

Lennet glaubte zunächst, das einzig menschliche Wesen in dieser vollautomatischen Geisterwelt zu sein.

Doch dann fiel sein Blick auf einen wunderschönen Schreibtisch im Stil Louis XV., dessen elegant geschwungene Beine und Perlmutteinlegearbeit so ganz und gar nicht in diese nüchterne Umgebung passen wollten. Der Schreibtisch stand genau in der Mitte des Saales. Dahinter thronte eine kleine, alte, runzelige Dame, dick gepudert und geschminkt, in einem urgroßmütterlich anmutenden Spitzenkleid und mit einem in Silber gefaßten Zwicker auf der Nase.

„Das ist der junge Mann, Madame Schasch!" verkündete Onkelchen Olivier.

„Soll näherkommen!" krächzte die alte Dame heiser.

„Wer ist denn das?" flüsterte Lennet Olivier zu.

„Die Direktion", gab der andere flüsternd zurück.

„Los, geh schon hin."

Lennet trat ein paar Schritte vor.

Die alte Dame musterte ihn kritisch mit hochgezogenen Augenbrauen.

„Woran denken Sie, junger Freund?" fragte sie ihn plötzlich.

Lennet war jetzt nur noch ungefähr sechs Schritte von ihr entfernt. Er blieb stehen und bemerkte so unbefangen wie möglich: „Ich habe gerade über die Gleichberechtigung nachgedacht. Eine Frau, die sich heutzutage noch über ihre untergeordnete Stellung beklagt, ist selbst daran schuld! Innerhalb von drei Monaten habe ich die Bekanntschaft von zwei leitenden Persönlichkeiten gemacht. Und alle beide waren Frauen."

„Haha!" gackerte Madame Schasch. „Wir scheinen ein kleiner Witzbold zu sein, wie? Wir machen uns sogar unsere eigenen Gedanken über die Gleichberechtigung! Olivier, kümmern Sie sich inzwischen um die Fernschreiber, während ich ein wenig mit unserem kleinen Witzbold plaudere."

Onkelchen Olivier ging zu den Fernschreibern hinüber, hielt ein vorbeifahrendes Wägelchen auf und versuchte, die darin enthaltene Nachricht zu entziffern. Mit ihrem knochigen, gebogenen Zeigefinger bedeutete Madame Schasch Lennet, noch ein wenig näherzutreten.

„Was mich betrifft", begann sie, „so möchte ich von vornherein klare Fronten schaffen. Ich werde Ihnen jetzt gleich erklären, was ich von Ihnen will, und Sie werden mir dann sagen, ob Sie einverstanden sind oder nicht. Sind Sie einverstanden, bleiben wir die besten Freunde. Sind Sie nicht einverstanden, wird Ihnen unser guter Huc die Gurgel durchschneiden. Das dürfte klar genug sein, oder?"

„Und dabei heißt es immer, Frauen seien sentimental!" versetzte Lennet unbekümmert.

Madame Schasch kicherte.

„Wir vom BIDI unterhalten Verbindungen zu den Fachleuten aller Branchen. Leider stoßen diesen Experten des öfteren bedauerliche Unfälle zu, und es ist manchmal gar nicht so leicht, sie zu ersetzen. Wir hatten bis vor kurzem einen großartigen deutschen Laserspezialisten. Leider hat ihn einer unserer Leute etwas zu sehr unter Druck gesetzt... Der Mann hatte sich während des Krieges einiges zuschulden kommen lassen, was die Gerichte bestimmt sehr interessiert hätte. Letzte Woche hat er sich das Leben genommen. Ich hoffe, daß Ihnen dieser betrübliche Vorfall eine Lehre ist. Olivier – die Leute müssen unter Druck gesetzt werden, das ist in Ordnung, aber auch hier gibt es Grenzen! Von Ihnen, junger Freund, verlange ich nicht, daß Sie diesen großen Physiker ersetzen sollen. Doch soviel ich weiß, sind Sie mit der Handhabung von Laserstrahlen vertraut, und es heißt, daß der Vostok 18 einen Laser an Bord haben soll..."

„Der Vostok 18?"

„Ehrlich gesagt wissen wir nicht, ob die Nummer wirklich stimmt. Wenn Sie Zeitung lesen, dann wissen Sie, was man hier im Westen darüber denkt: Die Sowjets veröffentlichen ihre Satellitenstarts erst dann, wenn die Satelliten ihre planmäßige Umlaufbahn erreicht haben. Und nur diesen erfolgreichen Satelliten geben sie fortlaufende Nummern. Doch auch die anderen Satelliten haben natürlich eine Nummer, die aber geheim ist und der Anzahl der wirklich erfolgten und versuchten Starts entspricht. Wenn wir richtig gezählt haben, dann ist der Vostok, den sie dieser Tage gestartet haben, der achtzehnte seiner Art."

Lennet pfiff bewundernd durch die Zähne.

„Stand es denn in den Abendzeitungen, daß sie schon wieder einen gestartet haben?"

„Eben nicht. Es stand in keiner einzigen Zeitung. Die Presseagentur TASS gibt einen Satellitenstart nur dann bekannt, wenn der Satellit seine planmäßige Umlaufbahn erreicht."

„Aber woher wissen Sie denn dann Bescheid?"

Die alte Dame lächelte genüßlich.

„Was für ein kluges Köpfchen, der Kleine! Olivier, ich muß Ihnen mein Lob aussprechen, Sie haben einen großartigen Fang gemacht! Aber zurück zu Ihnen. Woher ich von dem Satellitenstart unterrichtet war? Also, hören Sie zu. Eines der Geheimnisse, denen wir unsere glänzenden Erfolge verdanken, sind geheime Abhörstationen in den verschiedensten Ländern, die uns mit Hilfe von kybernetischen Apparaturen in die Lage versetzen, über sehr viele Dinge auf dem laufenden zu sein, von deren Existenz wir eigentlich gar nichts wissen dürften. Da alle russischen Satelliten ihre Nachrichten immer auf derselben Frequenz zur Erde funken, ist es für eine entsprechend ausgerüstete Abhörstation nicht sehr schwierig, sich über den Inhalt dieser Funksprüche zu informieren ..."

„Sie scheinen wieder einmal recht gehabt zu haben, Madame Schasch", unterbrach sie Onkelchen Olivier aufgeregt und schwenkte einen langen Papierstreifen in der Hand.

Die Augen der alten Dame leuchteten auf.

„Auch hinsichtlich der Landung?"

„Eben gerade darin."

„Und der große Konstrukteur, was sagt der?"

„Er faselt etwas vom sozialistischen Vaterland."

„Dann steht es also schlecht?"

„Scheint so."

„Um so besser. Vorausgesetzt, er purzelt nicht hinter den eisernen Vorhang, dann machen wir das Geschäft des Jahrhunderts!"

„Also, ich verstehe kein einziges Wort", erklärte Lennet kopfschüttelnd. „Warum wollen Sie, daß ich meine Laufbahn als Laborgehilfe aufgeben soll? Wollen Sie mich vielleicht in so einen Vostok sperren und auf den Mond schießen? Besten Dank, dazu habe ich nicht die geringste Lust."

Madame Schasch gluckste belustigt.

„Aber ganz im Gegenteil, junger Freund. Sie sind uns schon viel zu sehr ans Herz gewachsen, als daß wir uns von Ihnen trennen wollten."

„Wer ist denn das, der große Konstrukteur, der hinter den eisernen Vorhang purzeln soll?"

„Der große Konstrukteur ist der Verantwortliche für alle künstlichen sowjetischen Satelliten. Der Mann ist zweifellos ein Genie, doch auch er irrt sich manchmal – wie eben dieser Fall beweist. Aufgrund von technischen Mängeln der Trägerrakete ist es nicht gelungen, den heute morgen gestarteten Vostok in seine geplante Umlaufbahn zu befördern."

„War es ein bemannter Satellit?"

„Selbstverständlich, aber das hat keinerlei Bedeutung."

„Keinerlei Bedeutung? Aber für den Raumfahrer kann das der sichere Tod sein!"

Die alte Dame mußte lächeln.

„Wir haben also ein empfindsames, kleines Herz, wie? Das gibt sich alles, junger Freund. Noch brauchen Sie den Kosmonauten nicht zu beweinen. Wenn es uns gelingt, den Satelliten zu finden, und wenn sein Insasse dann noch am Leben ist, dann werden wir uns ausführlich mit ihm über seinen Flug unterhalten. Anschließend wird unser guter Huc dafür sorgen, daß er nichts mehr ausplaudert."

„Das ist ja furchtbar!"

„Tja, junger Freund, in einem Beruf wie dem unseren ist man ab und zu gezwungen, solche Schritte zu unternehmen. Aber machen Sie sich darüber keine Sorgen, wir werden Ihnen nicht gleich bei Ihrer ersten Mission eine Pistole in die Hand drücken. Schließlich darf man das menschliche Gewissen nicht in Konflikte bringen, nicht wahr, Olivier?"

„Also wirklich", platzte Lennet heraus, bemüht so zu reagieren, wie es der junge Lissou in einem solchen Fall getan hätte, „Ihr Beruf ist wohl ganz hübsch gefährlich?"

Olivier prustete hinter der vorgehaltenen Hand. Madame Schasch wies ihn zurecht.

„Sie müssen bedenken, wie jung er noch ist, Olivier. In seinem Alter waren Sie auch noch aus weicherem Holz geschnitzt. Junger Freund, unser Beruf ist zwar nicht ungefährlich, aber er ermöglicht es uns, innerhalb kürzester Zeit sehr viel Geld zu verdienen. Außerdem vermittelt er einem das berauschende Gefühl, mächtiger als die mächtigsten Fürsten der Welt zu sein! So, nun zurück zu unserem Vostok. Ich hoffe also, daß er irgendwo diesseits des eisernen Vorhangs landen wird. Da wir ihn von Anfang an verfolgt haben, haben wir berechtigte Aussichten, ihn als erste zu finden. An Kunden, die uns zu stolzen Preisen alle an Bord befindlichen Informationen abkaufen, wird es bestimmt nicht fehlen. Wir werden das Wrack an Ort und Stelle in seine Bestandteile zerlegen und diese von unseren Experten untersuchen lassen. Aus den Gesprächen zwischen dem großen Konstrukteur und dem Kosmonauten war nur zu entnehmen, daß der Satellit einen Diodenlaser an Bord hat. Deshalb wollen wir auch auf diesem Gebiet einen Fachmann bei uns haben."

„Ihr Angebot ehrt mich. Nur, wenn Sie mich mitnehmen, kann ich Ihnen über Professor Steiners Forschungsarbeit keine Berichte mehr erstatten."

„Ist er nicht entzückend in seiner Harmlosigkeit? Aber natürlich geht das. Sie nehmen eine Woche Krankenhausurlaub. Gott sei Dank verfügen wir über genügend Ärzte, die Ihnen entsprechende Bescheinigungen ausstellen werden. Sobald wir zurück sind, können Sie Ihre Arbeit im Labor vorübergehend wieder aufnehmen."

Lennet seufzte tief und versuchte möglichst einfältig dreinzuschauen.

„Das will mir nicht gefallen, Madame Schasch, das will mir beim besten Willen nicht gefallen. Alles, was mit den Russen zu tun hat, ist mir nicht ganz geheuer. Außerdem, woher wollen Sie denn so genau wissen, daß Sie die Gespräche zwischen dem großen Konstrukteur und dem Kosmonauten auch richtig verstanden haben?"

„Sehr einfach, junger Freund. Wir verfügen hier über eine kybernetische Übersetzungsmaschine."

„Und diese Maschine irrt sich nie?"

„Nie!"

„Die hätte ich in der Schule gut für meine Lateinaufgaben brauchen können!"

Madame Schasch kicherte.

„Gut", fuhr Lennet fort. „Und wer sagt Ihnen, wo der Vostok vom Himmel fällt?"

„Bei diesem Problem wird uns unsere Rechenmaschine helfen."

„Aha", sagte Lennet.

„Damit wäre wohl alles klargestellt, junger Freund. Wie lautet nun Ihr Entschluß? Stellen Sie sich freiwillig in den Dienst des BIDI oder ziehen Sie es vor, nähere Bekanntschaft mit unserem geschätzten Huc zu machen?"

„Ich wette, daß auch Herr Huc seinerzeit nicht viel freiwilliger zu Ihnen gekommen ist als ich!"

„Sie sind wirklich ein kleiner Schlauberger. Das gesamte Personal des BIDI war anfänglich etwas schwerfällig. Ich war die einzige wirklich Begeisterte. Selbst Onkelchen Olivier hat sich zuerst ein wenig bitten lassen! Und auch mein verstorbener Mann, der doch meine einzige, wirkliche Stütze war! Doch schon nach den ersten paar Monaten hat es niemand bereut, auf mich gehört zu haben."

„Na, wenn Sie von Gefühlen sprechen ... Wirklich, nettem Bitten habe ich noch nie widerstehen können, wissen Sie!"

Die Augen der alten Dame funkelten.

„Sie können sich nicht vorstellen, wie sehr ich mich darüber freue, daß Sie mein bescheidenes Angebot nicht ausgeschlagen haben."

Das Elektronengehirn versagt

Die Mission Leutnant Lennets vom SNIF ließ sich günstig an. Dank seines ehrlichen Gesichts, dank der gründlichen Vorbereitung seiner „Rolle“, dank dem Start des sowjetischen Satelliten – und nicht zuletzt auch dank der Grausamkeit von Madame Schaschs Handlangern, die den Laserspezialisten zum Selbstmord getrieben hatten –, war es dem jungen Geheimagenten gelungen, in die Reihen der Organisation aufgenommen zu werden, die er zerstören sollte.

Onkelchen Olivier klopfte dem Neuling auf die Schulter. „Ende gut, alles gut, mein Kleiner. Jetzt kann ich es dir ja verraten: Du hast mir schon vom ersten Augenblick an gut gefallen. Und nun gehörst du zu uns. In guten und in schlechten Zeiten, wie man so schön sagt.“

„Um wieviel Uhr wird denn hier zu Abend gegessen?“ fragte Lennet die alte Dame.

„Um halb neun, es sei denn, man hat die Ehre, von Madame Schasch zu Tisch geladen zu sein. Sie werden diese Ehre heute zur Feier des Tages bestimmt haben. So, und jetzt kümmern Sie sich ein bißchen um die Fernschreiber, während Olivier die Telefonzentrale übernimmt!“

Sie arbeiteten über eine Stunde, ohne ein Wort zu wechseln. Die Fernschreiber verbanden den BIDI mit der Schweizer Abhörstation, die laufend verschlüsselte Nachrichten übermittelte. Ein Fernschreiber war ausschließlich dem Unternehmen Vostok gewidmet.

Während Lennet die Papierstreifen von den Fernschreibern abriß und sie in die automatische Übersetzungsmaschine einführte, mußte er immer wieder an den einsamen Kosmonauten denken, der jetzt irgendwo in dreihundert Kilometer Entfernung um die Erde kreiste: Führten sie nicht beide im Dienst ihres Vaterlandes eine gefährliche Mission aus?

Um halb neun stand Madame Schasch auf.

„Jean-Jacques, lassen Sie jetzt den Papierkram, wir gehen zum Abendessen."

„Kann ich nach Ihnen essen, Madame Schasch?" erkundigte sich Onkelchen Olivier schüchtern.

„Vielleicht. Wenn Zeit dazu ist."

„Also, zum Abendessen muß ich jetzt aber wirklich. Hab schließlich schon kein Mittagessen erhalten."

Die kleine, alte Dame baute sich vor ihm auf und warf ihm einen strafenden Blick zu.

„Ich halte das nicht für so notwendig wie Sie, Olivier. Mir wäre es sowieso lieber, wenn Sie etwas dünner wären. Sollte es inzwischen irgendwelche Neuigkeiten geben, können Sie ins Eßzimmer hinüberrufen. Jean-Jacques, reichen Sie mir Ihren Arm! Entzückend, wie unbeholfen er noch ist!"

Arm in Arm stiegen die alte Dame und der junge Mann die Treppe hinauf.

Die schweren, reich verschnörkelten Möbel im Eßzimmer waren im Rokokostil gehalten. Von einem Kellner mit asiatischen Gesichtszügen wurden sie aufmerksam bedient.

Madame Schasch und Lennet saßen sich an den beiden entgegengesetzten Enden eines langen, sorgfältig polierten Tisches gegenüber.

Als Vorspeise gab es eine Scheibe Räucherlachs, als Hauptspeise Fasan, anschließend Käse aus Holland und dann herrlich frische Erdbeeren mit Schlagsahne. Dazu tranken sie einen köstlichen Rotwein. Madame Schasch plauderte über Spionage und Gastronomie. Zwischendurch streute sie immer wieder wie beiläufig einige Fragen ein.

„Hat Ihnen das Gymnasium gefallen, das Sie besucht haben?"

„Sie hatten gesagt, daß Sie eine Schwester haben, oder?"

„Sie waren doch schon einmal in England, nicht wahr?"

Jedesmal galt es, ohne zu zögern die passende Antwort zu geben, denn Madame Schasch hatte sich bestimmt genau über Jean-Jacques Lissous' bisheriges Leben erkundigt.

Doch Lennet bestand die Prüfung glänzend. Die Ausbildung, die er an der SNIF-Schule erhalten hatte, erwies sich wieder einmal als hervorragend.

Nach dem türkischen Kaffee erklärte die Hausherrin: „So, jetzt werden wir wieder hinuntergehen und nachsehen, was die da unten inzwischen geschafft haben. Unser Kybernetiker wird wie immer wahre Wunder vollbracht haben. In wenigen Minuten werden wir genau wissen, wo der Vostok herunterfällt. Wir brauchen dann nur noch hinzufahren."

Doch hier irrte Madame Schasch.

Als sie mit Lennet den großen Saal im Tiefparterre betrat, trafen sie auf ein Onkelchen Olivier, den die Möglichkeit, auch nichts zum Abendessen zu erhalten, nicht gerade freundlich gestimmt hatte. Wütend stand er einem ungefähr dreißigjährigen, völlig verschüchterten, blaß und kränklich aussehenden Mann gegenüber.

„Das interessiert mich nicht im geringsten!" zeterte Olivier. „Bist du nun verantwortlich für die Maschine oder nicht?"

„Ja, natürlich, Herr Olivier, aber ..."

„Du hast doch deine Doktorarbeit über Kybernetik geschrieben, oder?"

„Ja, natürlich, Herr Olivier, aber ..."

„Gut, mein Freund, dann kann es sich also nur um Sabotage handeln! Und du weißt ja, was denen passiert, die beim BIDI Sabotage treiben!"

Als er Madame Schasch eintreten sah, wollte sich Olivier als besonders diensteifrig auszeichnen: Er versetzte dem Kybernetiker mit seiner fetten Hand zwei schallende Ohrfeigen. Der junge Mann torkelte zurück und rieb sich die Wange.

„Nanu, was ist denn hier los?" schaltete sich die Chefin des BIDI ein. „Na wird's bald? Olivier, reden Sie zuerst."

„Da gibt es nicht viel zu reden, Madame Schasch. Jouchin treibt Sabotage. Das ist alles. Aber damit war ja zu rechnen."

„Es fällt mir schwer zu glauben, daß Herr Jouchin so unvorsichtig ist. Also, junger Mann, was haben Sie dazu zu sagen?"

Jouchin wandte der alten Dame sein verängstigtes Gesicht zu.

„Madame Schasch, auch eine elektronische Rechenmaschine kann nur dann arbeiten, wenn man ihr das entsprechende Programm vorher eingegeben hat."

„Ich darf doch wohl annehmen, daß Sie das getan haben. Die Umlaufparameter, die Geschwindigkeit des Raumschiffs, sein Gewicht, die atmosphärische Reibung, die Anziehungskraft der Erde, die Erhitzung usw."

„Das allein genügt aber nicht. Mit allen diesen Angaben kann unsere Maschine nichts anfangen: Sie ist einfach nicht für Raumforschung programmiert worden."

Allgemeines Schweigen.

Dann hörte man wieder Onkelchen Olivier schimpfen: „Ich habe es ja gleich gesagt: Sabotage!"

Doch Madame Schasch schenkte ihm nicht die geringste Aufmerksamkeit.

Sie blickte Jouchin an.

„Programmiert ...", wiederholte sie nachdenklich.

„Das ist es. Programmiert heißt so viel wie informiert. Auch wenn Sie einem Physiker alle notwendigen Daten zur Lösung eines chemischen Problems geben, so kann er dieses Problem doch nicht lösen. Genauso ist es mit der Maschine!" erklärte Jouchin vor Aufregung stotternd.

„Unsere Maschine kann alle Probleme lösen", erwiderte Madame Schasch entschieden.

„Das stimmt, aber nur, wenn man sie entsprechend programmiert."

„Na gut, dann programmieren Sie sie doch!"

Der Kybernetiker schüttelte bedauernd den Kopf. „Dazu würde ich Wochen brauchen, Madame Schasch! Wochen – und die Hilfe zahlreicher Programmierer und Mathematiker. Die Maschine müßte völlig umgestellt werden, verstehen Sie?"

Madame Schasch senkte den Kopf. Ihr Zwicker spiegelte das grelle Neonlicht wider. „Und", fragte sie spitz, „was schlagen Sie nun vor? Wer kann uns aufgrund der Angaben, die wir bereits besitzen, den genauen Landepunkt des Vostok errechnen?“

Der Kybernetiker breitete die Arme aus.

„Ein Mathematiker, Madame Schasch, der Fachmann für Raumforschung ist.“

„Was ist, Olivier, haben wir Beziehungen zu einem solchen Vogel?“

„Nein, Madame Schasch, bestimmt nicht. Schließlich haben wir uns bisher nie mit Raumforschung befaßt.“

Die alte Dame stampfte ungeduldig mit dem Fuß.

„Es wäre doch gelacht, wenn wir keine Lösung finden. Eine so einmalige Gelegenheit kann man doch nicht wegen Personalmangels versäumen.“

Sie hob den Telefonhörer ab und drückte auf einen Knopf.

„Ist dort die Kartei? Schicken Sie mir sofort alle Spezialisten für das Gebiet ‚Raumflüge‘.“

Am anderen Ende brummte eine Stimme: „International, Madame Schasch?“

„Natürlich nicht, Sie Idiot! Schließlich haben wir nicht mehr genug Zeit, um ganz Amerika zu durchsuchen. Die Franzosen zuerst, und dann die unserer Nachbarländer.“

Sie legte auf.

„Wir verfügen über eine Kartei, in der sämtliche Wissenschaftler der ganzen Welt aufgeführt sind“, erklärte sie nicht ohne Stolz an Lennet gewandt. „So mancher Geheimdienst würde uns darum beneiden.“

Lennet erwiderte nichts. Bei sich dachte er: Wenn ich es schaffe, wird Sie der SNIF nicht mehr lange beneiden müssen!

Schon fuhr ein Wägelchen mit einem Stapel Karteikarten heran. Im nächsten Moment hatte sich Madame Schasch mit ihren Raubvogelkrallen daraufgestürzt.

„Noch haben wir keinen Spezialisten für Raumflüge“, murmelte sie und fuhr sich mit der Zunge genüßlich über die Lippen, „aber lange wird es nicht mehr dauern.“

Dann setzte sie sich an ihren Schreibtisch und sah höchstpersönlich ein Blatt nach dem anderen durch. Dabei redete sie leise vor sich hin: „Trochu? Dürfte zur Zeit gerade in Polizeihaft sein... Goldmann? Nein, der ist zu bekannt... Bourazel? Pah, der will immer erst lange gebeten sein, und dafür haben wir zu wenig Zeit... Marais? Nein, der ist zu unberechenbar..."

Die Chefin des BIDI unterteilte die Karteikarten in mehrere kleine Häufchen. Einige ließ sie zu Boden fallen.

„Ich beginne jetzt mit dem Aussortieren", erklärte sie Lennet huldvoll.

Als nur noch eine einzige Karte auf ihrem Schreibtisch lag, befahl sie Onkelchen Olivier: „Aufheben!"

Vorsichtig, um seinen spinatgrünen Anzug nicht zu beschmutzen, kniete sich Olivier hin und sammelte die Karten ein.

„Eine Frau", bemerkte Madame Schasch und tippte mit ihrem spitzen Fingernagel auf die letzte Karte.

„Jung und äußerst begabt. Lebt bei ihrer Mutter. Kurzum, ein Urbild der Tugend. Mitarbeiterin von Professor Estienne, dem Chef der Abteilung für ‚Künstliche Satelliten' vom Astronomischen Institut. Wir hätten uns keine bessere wünschen können als sie. Ein ganz reizendes Wesen", fügte sie hinzu und betrachtete das Foto, das an der Karteikarte festgeheftet war. „Das ist doch etwas anderes als beispielsweise die schreckliche Fratze von unserem Huc. Oder Ihr Gesicht, Jouchin. Nun hören Sie doch bloß auf zu schlottern wie ein naßgewordener Pudel! Den heutigen Abend überleben Sie bestimmt noch. Olivier!"

„Madame Schasch?"

„Mademoiselle Veronique Chevrot, 8, Rue du Val-de-Grâce Bis spätestens zwei Uhr morgens hier!"

„Wird gemacht, Madame Schasch. Soll ich Huc mitnehmen?"

„Ja, nehmen Sie Huc mit und..."

Wieder fuhr sie sich genüßlich mit der Zunge über die Lippen und heftete ihre Augen auf Lennet.

„... und außerdem unseren jungen Freund Jean-Jacques.

Es kann nicht schaden, wenn er in eine Entführung verwickelt ist. Dann gehört er wenigstens richtig zu uns, nicht wahr, mein lieber Jean-Jacques, Sie gehen Olivier doch sicher gerne ein wenig zur Hand?"

Lennet spielte seine Rolle gut.

„Ehrlich gesagt nicht. Solche Unternehmen sind eigentlich nicht ganz mein Fall, wissen Sie. Die junge Frau kann immerhin schreien, dann erscheint die Polizei und es gibt eine Schlägerei ..."

Madame Schasch gluckste befriedigt.

„Man kann in diesem Leben nicht immer nur angenehme Dinge tun. Schon gar nicht, wenn man sich entschieden hat, für den BIDI zu arbeiten! Und nun, kleiner Lissou, übergebe ich Sie für diese Mission der Befehlsgewalt von Olivier. Ich rate Ihnen dringendst, seine Anordnungen zu befolgen. Ansonsten ... Ich rede und rede, dabei haben wir wirklich keine Zeit zu verlieren. Verschwindet jetzt, Ihr beiden. Ihr solltet schon längst wieder zurück sein."

Onkelchen Olivier und Lennet gingen hinaus.

Drei Minuten später – es war genau 23 Uhr 20 – rollten sie in dem 403, den Lennet inzwischen schon recht gut kannte, in Richtung Paris. Auf dem Rücksitz döste Huc unter seinem gewohnten, großen Hut.

Niemand hatte Lennet die Augen verbunden. Interessiert las er die Orientierungsschilder. Beim dritten Schild wußte er endgültig Bescheid: Der Sitz des BIDI mußte sich in Bièvres befinden. Mit Hilfe von verschiedenen Anhaltspunkten konnte er sich bis auf ungefähr einen Kilometer genau orientieren. Wenn es vierundzwanzig Stunden, nachdem der SNIF so genaue Angaben über den Sitz des BIDI erhalten hatte, noch immer einen BIDI gab, dann wäre der SNIF nicht mehr der SNIF.

Die Nacht war pechschwarz. Onkelchen Olivier fuhr mit großer Geschwindigkeit und machte sich ein königliches Vergnügen daraus, alle entgegenkommenden Wagen zu blenden. Bis Huc ihn anherrschte: „Hör schon auf."

„Womit?"

„Brauchst ja bloß einen Polizeiwagen zu blenden. Das können wir jetzt gerade gebrauchen."

„Da hast du ausnahmsweise recht."

Von nun an blendete Olivier immer brav ab.

„Also", erklärte Onkelchen Olivier. „Wir werden folgendermaßen vorgehen."

In wenigen Worten erläuterte er seinen Schlachtplan. Als er geendet hatte, fragte er: „Sind alle einverstanden?"

„Jaaaa", meinte Huc gedehnt, „ein bißchen wenig Tote für meinen Geschmack."

„Ich möchte wirklich wissen", ließ sich Lennet vernehmen, „warum ich so eine unangenehme Rolle übernehmen soll. Könnte ich nicht den Wachtposten oder so etwas spielen?"

„Du kriegst diese Rolle, weil du am besten dafür geeignet bist, kapiert? Und ich kann dir nur raten, sie gut zu spielen."

Olivier hatte sich umgewandt und seine harten, graugrünen Augen in Lennets gesenkt.

„Schon gut, schon gut. Aber ich warne Sie, ich habe weder Ihre noch Hucs Erfahrung. Wenn nun die ganze Sache meinetwegen schiefgeht?"

„Zerbrich dir darüber nicht den Kopf, mein Kleiner. Wenn dir das Mädchen durch die Lappen geht, der gute, alte Huc erwischt sie bestimmt."

Geschmeichelt zog Huc seinen Hut noch etwas tiefer ins Gesicht.

Wenn er grinste, hatte er wirklich verblüffende Ähnlichkeit mit einem Gorilla.

Die Entführung

Der 403 fuhr am Park des Observatoriums vorbei, dann schwenkte er nach rechts.

„Lampenfieber?“ erkundigte sich Onkelchen Olivier freundschaftlich.

„Allerdings! Sie haben ja nichts weiter zu tun, als gemütlich im Auto sitzen zu bleiben. An meiner Stelle hätten sie wahrscheinlich auch Lampenfieber.“

Olivier kicherte.

„Du weißt, was du zu tun hast?“

„Ja.“

„Wenn du Verstärkung brauchst, dann singst du, verstanden? Du kannst doch singen, oder?“

„So gut wie manche Schlagerstars noch lange.“

„Und vergiß nicht dreinzuschauen wie die Unschuld vom Lande.“

„Nein, bestimmt nicht.“

„Du weißt ja, was los ist, wenn etwas schiefgehen sollte, absichtlich oder aus Versehen!“

„Sie können mir ja alles aufzeichnen, wenn es Ihnen Spaß macht.“

„Genug jetzt. Mach dich an die Arbeit.“

Der Wagen war in der zweiten Reihe vor dem Haus Nummer acht stehengeblieben.

Als Lennet ausstieg, bemerkte er, daß sie schon nicht mehr dieselbe Autonummer wie nachmittags hatten. Diesmal war der Wagen mit einer Standarte geschmückt, die eine offizielle Mission vortäuschen sollte.

Lennet versicherte sich noch einmal, ob es auch das richtige Haus war. Dann drückte er auf einen Knopf, trat ins Treppenhaus und knipste das Licht an. Eine Mieterliste schien es in dem Haus nicht zu geben. Also klopfte er an die Glastür des

Hausmeisters. Eine verschlafene Frauenstimme fragte: „Was gibt's?"

„Zu Fräulein Chevrot?"

„Fünfter Stock, rechts. Eine etwas ausgefallene Zeit für Besuche!"

„Nur kein Neid. Das nächste Mal besuche ich Sie!"

Es gab keinen Fahrstuhl. Lennet stieg die Treppe hinauf und zählte die Stockwerke. Wahrscheinlich schlich sich Huc jetzt gerade an der Hausmeistertür vorbei. Wenn die Neugier die Hausmeisterin doch noch ins Treppenhaus treiben sollte, dann würde sie es bestimmt nicht fassen können, daß die zwar spöttische, aber doch flötensüße Stimme von vorhin diesem menschlichen Koloß gehören sollte! Lennet versuchte sich das verdutzte Gesicht der Hausmeisterin vorzustellen, wenn sie Huc vor sich sah. Er mußte grinsen. Langsam stieg er weiter hinauf.

Im fünften Stock blieb er stehen und wartete.

Nun erschien auch Huc, der sich auf allen Vieren an der Tür des Hausmeisters vorbeigeschlichen hatte. Lautlos huschte er in den sechsten Stock hinauf. Dort versuchte er, sich so klein wie möglich zu machen. Das Haus war ein Altbau. Im Treppenhaus roch es muffig. In jeder Etage waren zwei Türen. Hinter einigen Türen erklang Stimmengemurmel oder Musik. Im fünften Stock jedoch war alles ruhig.

Lennet stellte sich vor die rechte Tür, holte tief Luft und drückte dann beherzt auf den Klingelknopf. Das Geräusch, das jetzt ertönte, glich eher einem Summen als einem Klingeln. Wenn Veronique Chevrot nun bei Freunden war? Nicht auszudenken!

Die Treppenhausbeleuchtung verlosch.

Oben im sechsten Stock knarrte der Boden. Das war Huc, der seine hundertzehn Kilo verlagerte.

Lennet läutete ein zweites Mal.

Er glaubte ein Geräusch zu vernehmen. Lennets Entschluß stand fest. Wenn Fräulein Chevrot Telefon hatte, dann würde er den SNIF unverzüglich verständigen. Wenn sie kein Tele-

Dann öffnete sich die Tür . . .

fon hatte, dann mußte er – Lennet – seine Rolle beim BIDI noch einige Zeit weiterspielen.

Lennet zuckte zusammen, als ihn plötzlich eine Frauenstimme – beinahe noch eine Kinderstimme – fragte: „Wer ist da?“

Ohne zu zögern antwortete er: „Professor Estienne schickt mich.“

Dann öffnete sich die Tür.

Auf der Schwelle erschien ein junges Mädchen in Morgenrock und Pantoffeln.

Sie war klein, hatte rotbraunes Haar und große, braune Augen. Mit einer kindlichen Geste rieb sie sich den Schlaf aus den Augen.

Wahrscheinlich hatte Lennet sie aus dem tiefsten Schlummer gerissen.

„Ja bitte?" fragte sie ohne eine Spur von Mißtrauen. Dann kniff sie die Augen etwas zusammen, um Lennets Gesicht im Halbdunkel des Treppenhauses besser erkennen zu können.

„Veronique Chevrot?" fragte Lennet.

„Ja, das bin ich."

Sie mußte gähnen.

„Entschuldigen Sie, aber ich habe schon geschlafen ..."

„Aber nein, ich muß mich entschuldigen, daß ich Sie zu so später Stunde störe. Wir haben versucht, Sie telefonisch zu verständigen ..."

Dieser Satz war im Plan nicht vorgesehen. Hoffentlich wurde Huc nicht mißtrauisch. Doch dieses Risiko mußte Lennet schon auf sich nehmen.

„Komisch, dabei weiß doch jeder, daß ich kein Telefon habe ..."

Sie gähnte noch einmal. Rasch hielt sie sich die Hand vor den Mund. Lennet fand, daß sie entzückend aussah, wie sie da so natürlich und ungezwungen vor ihm stand.

„Eben, wir konnten Sie auch im Telefonbuch nicht finden, und darum ..."

Er plauderte absichtlich ein bißchen mehr als geplant, um möglichst unbefangen zu wirken.

„Und darum hole ich Sie nun ab."

Erstaunt sah sie ihn an. Lennet erklärte: „Professor Estienne braucht dringend Ihre Hilfe. Er hat einen neuen, sowjetischen Satelliten entdeckt."

Fräulein Chevrot lächelte milde.

„Ganz schön lästig, die Russen, finden Sie nicht auch? Jedesmal wenn sie irgend etwas in die Luft schießen, müssen wir Überstunden machen. Treten Sie doch ein. Sie müssen sich einen Moment gedulden. Ich bin gleich angezogen."

Sie trat zurück, um Lennet einzulassen. Dann schloß sie die Tür hinter ihm.

„Nehmen Sie Platz. Ich bin sofort fertig."

Lennet wartete in einem altmodischen Salon voller Porzellan und vergilbten Familienfotos. Ihre Schritte entfernten sich in Richtung eines der hinteren Zimmer. Lennet trat ans Fenster. Es ging auf die Straße. Unten wartete der 403 mit Standlicht.

Was konnte er tun? Fräulein Chevrot alles gestehen? Schreien? Die Nachbarn zusammentrommeln?

Wie lange würde Huc mit seinem Dietrich brauchen, um die Tür aufzukriegen?

Bestimmt nicht solange, bis die Polizei erschien. Huc würde Zeit genug haben, in die Wohnung einzudringen und seines Amtes zu walten. Er hatte sicherlich eine Waffe bei sich. Lennet war unbewaffnet. Vielleicht hatte Fräulein Chevrot eine Waffe? Das war nicht sehr wahrscheinlich.

Sollte er anderseits das junge Mädchen weiter belügen? Voll blindem Vertrauen würde sie ihm in die Falle BIDI folgen! Was für ein gemeiner Betrug! Doch ihm blieb keine Wahl. Es stand im Interesse seiner Mission und auch im Interesse von Fräulein Chevrot, daß er jetzt keinen Fehler beging.

Lächelnd trat sie in den Salon. Sie trug ein dunkelblaues Kostüm, das ihr ganz entzückend stand.

„Tut mir leid, daß ich Sie so lange warten ließ. Jetzt stehe ich Ihnen zur Verfügung. Ich habe Mama gleich Bescheid gesagt, daß sie mich nicht vor morgen abend zurückzuerwarten braucht. Ich kenne sie ja zur Genüge, die russischen Satellitenstarts. Arbeiten Sie auch bei uns im Institut?"

Statt einer Antwort machte Lennet zwei rasche Schritte auf sie zu und ergriff ihre Hände. Sie ließ es sich gefallen, schien aber einigermaßen überrascht. Eine tiefe Falte stand zwischen ihren Augenbrauen.

„Mademoiselle Chevrot", begann Lennet hastig. „Die Arbeit, die Sie heute abend zu bewältigen haben, ist etwas anderes als das, was Sie gewohnt sind. Sie werden sich wundern und mich verwünschen, daß ich Sie geholt habe. Aber denken Sie immer an das, was ich Ihnen jetzt sage. Ich bin nicht der, der ich scheine. Es wird Ihnen schwerfallen, mir zu vertrauen, trotzdem müssen Sie es versuchen. Ich kann Ihnen jetzt nicht mehr sagen. Aber vergessen Sie eins nicht: Ich bin Ihr Freund."

Sanft entzog sie ihm ihre Hände.

„Mein Freund? Schon? Sie haben aber ein Tempo! Wir kennen uns doch erst seit zehn Minuten. Wie heißen Sie denn eigentlich?"

„Nennen Sie mich Jean-Jacques."

„Und Sie, Sie nennen mich Nikky."

„Einverstanden, Nikky."

„Gehen wir, Jean-Jacques!"

An der Garderobe nahm sie noch ihren Regenmantel vom Haken. Lennet half ihr hinein. Zum Dank schenkte sie ihm ein schüchternes, erstauntes Lächeln.

Einträchtig verließen sie die Wohnung.

Nikky knipste die Treppenhausbeleuchtung an. Mit kleinen, schnellen Schritten lief das junge Mädchen die Treppe hinunter. Sie gingen an der Tür des Hausmeisters vorbei.

Zwei Etagen über ihnen folgte Huc. Er hielt sich einsatzbereit, falls Fräulein Chevrot doch noch Widerstand leisten sollte.

Lennet drückte auf den elektrischen Türöffner. Nikky versuchte, die schwere Tür zu öffnen. Lennet mußte ihr helfen. Wieder dankte sie ihm mit einem Lächeln.

Sie traten hinaus.

„Brrr!" Nikky schüttelte sich. „Ganz schön frisch." Ohne zu zögern setzte sie sich neben den Fahrer.

„Guten Abend, Herr Lefèvre. Oh! Entschuldigung! Ich habe Sie für den Chauffeur von Professor Estienne gehalten."

Olivier murmelte etwas Unverständliches vor sich hin.

Fräulein Chevrot wandte sich zu Lennet um, der auf den Rücksitz geklettert war.

„Haben wir einen neuen Chauffeur?"

„Ja", erwiderte Lennet. „Aber mit dem da sind wir auch

nicht zufrieden. Er spielt sich auf, als wäre er Professor Estienne höchstpersönlich."

Nikky schien erschrocken.

„Das soll wohl ein Scherz sein, nehme ich an. Sagen Sie so etwas bloß nicht in Gegenwart von Professor ..."

„Nein, nein", schaltete sich Onkelchen Olivier ein, der viel Sinn für Humor hatte. „Der Junge hat ganz recht."

Er trat auf die Kupplung.

Da Fräulein Chevrot noch immer nicht ganz begriff, drehte sie sich wieder fragend zu Lennet um. Im selben Moment fiel ihr Blick auf Hucs Gaunergesicht am Wagenfenster.

„Iiih!" schrie sie. „Wer ist denn das?"

Die Tür flog auf und mit einer Geschmeidigkeit, die man diesem Riesenkerl niemals zugetraut hätte, glitt Huc neben Lennet auf den Rücksitz.

„Der da", antwortete Olivier und fuhr los, „der hält sich nicht für Professor Estienne, der hält sich für Brigitte Bardot."

„Ich verstehe überhaupt nichts mehr", klagte Nikky, „was geht hier vor? Wohin fahren wir überhaupt? Jean-Jacques, erklären Sie mir doch ..."

Sie schmiegte sich eng an die Tür, um so weit wie möglich von Huc entfernt zu sein, der sich hinter sie gesetzt hatte.

Der Peugeot 403 rollte durch die Rue Saint-Jacques. Huc streckte seinen langen Arm aus, erwischte Nikky an den Haaren und preßte ihren Kopf gegen die Rückenlehne.

Sie versuchte zu schreien. Doch schon drückte ihr der ehemalige Catcher ein mit Chloroform getränktes Tuch auf Mund und Nase.

Sie wehrte sich etwas, dann verlor sie das Bewußtsein.

Als sie schlaff auf ihrem Sitz lag, pfiff Onkelchen Olivier bewundernd durch die Zähne: „Nicht schlecht für den Anfang, mein Kleiner. Du hast deine Sache ganz ordentlich gemacht!"

Die Rückfahrt verlief ohne Zwischenfall. Lennet prägte sich verschiedene Punkte genau ein. Nun würde er in der Lage sein, die Villa, in der sich der Sitz des BIDI befand, ohne weiteres wiederzufinden. Sie lag am Rande des Bois de Verrières, einem

Über der Schulter des Catchers hing das ohnmächtige Mädchen

größeren Park am Rande von Paris. Die SNIF-Leute würden das Gebiet gar nicht erst zu durchkämmen brauchen.

Der 403 bog ab und fuhr langsam eine Betonrampe hinunter. Die Garagentür öffnete sich automatisch und schloß sich wieder, sobald der Wagen durchgefahren war.

Onkelchen Olivier trat auf die Bremse.

„Du trägst das Paket, Huc."

Gehorsam warf sich Huc das junge Mädchen über die Schulter. Von Lennet gefolgt, trottete er hinter Onkelchen Olivier her.

In dieser Reihenfolge gelangten sie auch in den Saal, in dem die unermüdliche Madame Schasch hinter ihrem Rokoko-Schreibtisch thronte.

„Na endlich!" krächzte sie. „Höchste Eisenbahn! Die Meldungen, die die Russen durchgeben, werden immer technischer.

Ich verstehe keine Silbe mehr. Na, hat die kleine Schönheit Schwierigkeiten gemacht? Ich hoffe, unser Freund Jean-Jacques hat seine Rolle gut gespielt?"

„Nicht schlecht, nicht schlecht", versicherte Onkelchen Olivier.

„Aber erlauben Sie mal", unterbrach ihn Lennet empört. „Ich finde, daß ich sie sogar ganz ausgezeichnet gespielt habe. Das hätte ich mir nie zugetraut! Anscheinend bin ich für diese Laufbahn geboren!"

Madame Schasch betrachtete ihn belustigt.

„Wie ein junger Hahn auf seinem ersten Misthaufen. Kikerikiii! Kikerikiii! Nun legen Sie Ihre Eroberung schon auf den Boden, Huc. Ich hoffe, Sie sind mit dem Chloroform sparsam umgegangen. Wir brauchen die junge Dame nämlich dringend."

„Wie kriegen wir sie denn am besten wach?" erkundigte sich Lennet.

„Ganz einfach, mit Riechsalz und ein paar Ohrfeigen", versetzte Madame Schasch leichthin.

Ein Fläschchen Riechsalz stand bereits auf dem Tisch. Was die Ohrfeigen betraf, so schritt die Chefin des BIDI höchstpersönlich zur Tat. Dabei – und das darf man mit gutem Gewissen behaupten – ging sie nicht gerade sanft vor. Schon nach der zweiten Ohrfeige schlug Nikky ihre großen Kinderaugen auf. Das erste, was sie sah, war Madame Schaschs nicht gerade Vertrauen einflößendes, faltiges, geschminktes Gesicht, das sich über sie beugte.

„Na, meine Süße, hast du lange genug die schöne Ohnmächtige gespielt? Aufgestanden, aber etwas hoppla, wir haben keine Sekunde zu verlieren."

Nikky, die das Ganze für einen Alptraum halten mußte, schloß die Augen erneut. Doch die dritte Ohrfeige ließ nicht auf sich warten.

„Aufgestanden, habe ich gesagt. Ich werde kein langes Federlesen mit Ihnen veranstalten. Schließlich bin ich schon mit ganz anderen fertig geworden!"

Huc gluckste vor Vergnügen. Olivier seufzte voll schlecht gespieltem Mitleid. Lennet hätte am liebsten allen dreien den Hals umgedreht.

Nikkys Unterlippe begann zu zucken.

„Seien Sie doch bitte nicht so grob zu mir", stammelte das junge Mädchen. „Ich bin das nicht gewöhnt."

„Dann werden Sie sich eben daran gewöhnen müssen", war Madame Schaschs ungerührte Antwort. „Bei uns hier sind alle grob. Das werden Sie bald merken. So, und nun stehen Sie auf."

Nikky gehorchte, ohne die alte Dame auch nur eine Sekunde aus den Augen zu lassen.

„Wer sind Sie? Wohin hat man mich gebracht?"

„Je eher Sie das erfahren, meine Kleine, desto besser. Sie befinden sich in der Zentrale des BIDI, der Internationalen Organisation für Industriedokumente, deren Chefin zu sein ich die Ehre habe. Meine Leute haben sie entführt, weil ich Ihre Dienste benötige. Wenn Sie mir diese Dienste zu meiner vollen Zufriedenheit erweisen, dann bin ich geneigt, Sie wieder freizulassen. Sollten Sie mir aber Ihrerseits Unannehmlichkeiten bereiten oder sollten Ihre Berechnungen unbefriedigend ausfallen, dann sehe ich mich gezwungen, Sie zur weiteren Behandlung unserem guten Huc zu übergeben. Er pflegt seine Patienten mit viel Liebe ... und mit einem kleinen Messer zu behandeln. Ist das klar?"

Mit hängenden Armen stand Nikky in der Mitte des Zimmers. In ihren Augen spiegelte sich helles Entsetzen.

„Ich habe Kopfschmerzen", stammelte sie angstvoll.

„Das kommt vom Chloroform. Keine Angst, das geht wieder vorbei."

Zum erstenmal gelang es Nikky, ihren Blick von Madame Schasch loszureißen. Ihre Augen wanderten zu Huc, zu Olivier, und blieben schließlich auf Lennet haften. Als sie ihn erblickte, schien sie eine Art Übelkeit zu befallen. Kein Wort gelangte über ihre Lippen. Aber ihr vorwurfsvoller Blick sprach Bände: Ich habe Ihnen vertraut, und Sie haben mich betrogen.

Sie wandte sich von ihm ab. Mit schüchterner Stimme fragte sie Madame Schasch: „Wenn ich richtig verstanden habe, dann sind Sie Spione?"

„Wirklich sehr intelligent!" rief Madame Schasch nicht ohne Spott. „Bravo, meine Kleine! Ja, wir sind Berufsspione. Noch mehr solche glänzenden Schlußfolgerungen, bevor Sie sich an die Arbeit begeben?"

„Ach bitte", entgegnete Nikky leise, „wie lange werde ich bei Ihnen bleiben müssen? Wenn ich morgen abend noch nicht zu Hause sein kann, dann rufen Sie doch bitte meine Mutter an und sagen ihr Bescheid. Sie ist nämlich herzleidend, wissen Sie, und wenn sie sich sorgt ..."

„Pah!" ließ sich Olivier vernehmen. „Alle wollen sie telefonieren. Lissou mit seiner Sekretärin, weil er sich mit ihr fürs Kino verabredet hatte. Die war doch hoffentlich nicht auch herzleidend, oder?"

„Onkelchen Olivier", entgegnete Lennet mit zusammengebissenen Zähnen, „ich glaube, ich muß unbedingt boxen lernen, damit ich Ihnen eines schönen Tages Ihre häßliche Fratze einschlagen kann."

Die drei BIDI-Leute brachen in schallendes Gelächter aus.

„Der Kleine gefällt mir", kicherte Madame Schasch. „Er ist wirklich zu ulkig. Nun aber wieder zu Ihnen, meine Kleine. Von Telefongesprächen kann natürlich keine Rede sein. Setzen Sie sich an den Tisch dort drüben. Zu Ihrer Linken finden Sie Papier, zu Ihrer Rechten Bleistifte. Ich werde dafür sorgen, daß Sie sämtliche Informationen erhalten, die wir über einen russischen Satelliten besitzen, der in diesem Augenblick über unseren Köpfen kreist, und Sie werden mir seinen genauen Landepunkt berechnen. Schwierig?"

Die junge Mathematikerin nickte ernsthaft.

„Ja, das ist sehr schwierig, aber nicht unmöglich. Kennen Sie die Umlaufparameter und sämtliche Daten des Satelliten?"

„Aber selbstredend, meine Kleine."

„Wissen Sie auch, auf welche Art und Weise das Raumschiff seine Umlaufbahn verlassen und zur Erde zurückkehren soll?"

„Hmm ...", brummte Madame Schasch, „meines Wissens verläßt das Raumschiff seine Umlaufbahn durch Zünden der Bremsraketen und hinterher wird es mit Hilfe von Fallschirmen gebremst."

„Dann brauche ich die Schubkraft der Bremsraketen und die Tragfähigkeit der Bremsfallschirme."

„Das dürfte wohl alles in den Informationen enthalten sein, die ich Ihnen dafür zur Verfügung stellen werde."

„Sie wissen hoffentlich auch auf die Sekunde genau, wann der Satellit seine Umlaufbahn verläßt?"

„Auf die Sekunde genau?"

„Aber selbstverständlich", sagte das junge Mädchen. „Bei den Geschwindigkeiten, mit denen sich die Raumschiffe im All bewegen, kann schon eine Abweichung von einer Sekunde zu Unterschieden von -zig Kilometern führen!"

„Genau das ist es ja, was uns Kopfzerbrechen macht. Der Kosmonaut hat nämlich festgestellt, daß es ihm nicht gelingt, die Umlaufbahn zu verlassen!"

„Oh! Der arme Kerl!" rief Nikky mitleidig. „Was für ein furchtbarer Tod!"

„Nur keine Gefühlsduselei, wenn ich bitten darf", ermahnte sie Madame Schasch. „Im letzten Funkspruch hat er vom großen Konstrukteur die Anweisung erhalten, irgendwelche Sicherheitsvorrichtungen auszulösen. Am besten, Sie nehmen sich jetzt die Mappe mit den ganzen Informationen vor und sehen sie einmal durch. Das ist schließlich Ihr Beruf und nicht meiner. Die Herren Olivier und Lissou werden Sie abwechselnd bewachen. Sie werden Ihnen auch sämtliche Nachrichten übermitteln, die während der Nacht eintreffen."

„Ich werde sicher auch noch andere Informationen benötigen, wie meteorologische Angaben und so weiter."

„Olivier und Jean-Jacques werden die nötigen Telefongespräche für Sie führen. Unsere gesamte Zentrale steht Ihnen zur Verfügung. So, und nun gehe ich schlafen. Ich kann ein wenig Ruhe gut vertragen. Gute Nacht, meine Kinder. Weckt mich auf, sobald ihr den Landepunkt wißt."

Landepunkt: Sahara

Bis fünf Uhr morgens übernahm Olivier die Wache bei Nikky. Lennet und Huc streckten sich in einem Nebenzimmer auf Feldbetten aus. Die beiden Räume waren durch Mikrofone und Lautsprecher miteinander verbunden, so daß man im Nebenzimmer alles hörte, was im großen Saal vor sich ging und umgekehrt.

Huc legte sich flach auf den Rücken, streckte Arme und Beine von sich und begann zu schnarchen. Lennet konnte nicht so ohne weiteres einschlafen. Doch für den nächsten Tag mußte er fit und ausgeschlafen sein. Er bemühte sich, an nichts zu denken und jeden einzelnen Muskel seines Körpers zu entspannen. Er begann dabei mit den Zehenmuskeln. Um fünf Uhr morgens rüttelte ihn Onkelchen Olivier wach.

„Genug gepennt, mein Kleiner. Die Pflicht ruft!“

Lennt schlug die Augen auf. Er war sofort hellwach.

„Hat sie den Landepunkt gefunden?“

„Woher soll ich das wissen? Alles, was ich weiß, ist, daß sie schon einen ganzen Berg Papier vollgekritzelt hat. Zahlen, Buchstaben, Striche in alle Himmelsrichtungen! Schau's dir an. Vielleicht versteht ein Laserspezialist wie du etwas mehr davon!“

Lennet ging hinüber in den Saal.

Auf dem Schreibtisch, an dem Nikky arbeitete, waren sämtliche Papierstreifen aus den Fernschreibern fein säuberlich aufgeschichtet, daneben lag genauso ordentlich ein dicker Stoß Blätter, nicht sehr dicht beschrieben mit einer kleinen, klaren Schrift. Nikky hob nicht einmal den Kopf, als Lennet eintrat.

Mit langen Schritten begann er in dem Raum auf- und abzugehen. Wie schlecht ihm die Rolle eines Gefängniswärters stand! Die arme Nikky! Sie fühlte sich bestimmt sterbenselend und zeigte doch soviel Würde ...

Auf einmal drang ihre zarte Stimme an sein Ohr, absichtlich hart und unpersönlich.

„Sie vergessen die Fernschreiber!"

Einer der Fernschreiber ratterte. Lennet stürzte hin und riß die soeben eingetroffene Nachricht ab. Sie bestand aus Zahlen und Ziffern. Rasch zog er einen Bleistift aus seiner Jackentasche und kritzelte ein paar Worte unter die Meldung.

„Denken Sie an das, was ich Ihnen gesagt habe. Ich kann nicht mit Ihnen sprechen. Mikrofone und Lautsprecher verbinden uns mit dem Nebenzimmer. Aber wir können uns schreiben. Haben Sie Vertrauen!"

Er legte Nikky den Papierstreifen auf den Schreibtisch. Sie sagte nicht einmal danke. Das Mädchen tat ganz so, als bemerke sie Lennets Nähe überhaupt nicht. Mit zwei kräftigen Strichen unterstrich er das von ihm Geschriebene. Doch Nikky rechnete weiter, ohne ihn auch nur eines Blickes zu würdigen. Also entzog er ihr sanft das Blatt, an dem sie gerade arbeitete und schob das Fernschreiben an dessen Stelle.

Mit zusammengepreßten Lippen und funkelnden Augen überflog sie das Geschriebene, rahmte die letzten drei Worte „Haben Sie Vertrauen!" mit energischen Bleistiftstrichen ein und schrieb dahinter: „Zu Ihnen?!"

Lennet seufzte tief. Nikky warf ihm einen wütenden Seitenblick zu, aus dem er aber immerhin den Wunsch lesen konnte, wie gerne sie ihm glauben würde.

Er nickte dreimal bekräftigend mit dem Kopf. Sie zuckte mit den Achseln.

Lennet ergriff einen Radiergummi und radierte ihre kurze, private Korrespondenz sorgfältig aus.

Dann entfernte er sich wieder von Nikky und bezog seinen Posten vor dem Fernschreiber.

Die Stunden vergingen.

Später wollte Nikky genau wissen, welche Winde in verschiedenen Höhen über die Sahara wehten. Erst nach einer halben Stunde rollte ein Wägelchen mit den gewünschten Informationen an.

Um acht Uhr morgens, Lennets Magen hatte bereits heftig zu knurren begonnen, verkündete die kleine Stimme von Veronique Chevrot am anderen Ende des Saals: „Fertig!“

Er lief zu ihr hinüber.

Vor Nikky lag ein Blatt, auf dem folgende Angaben standen:

12 h 36
31° 20' 14" N
03° 11' 08" W

Die Blicke der beiden jungen Leute trafen sich. Lennets Augen drückten sehr viel Mitleid und ein wenig Neugier aus. Aus Nikkys Blick sprach eine große Verwirrtheit und noch etwas: Doch Lennet konnte sich beim besten Willen nicht erklären, was es war. Es schien ihm eine Mischung von Mut und Ergebenheit.

„Und wo ist das?“ wollte er wissen.

Statt einer Antwort deutete Nikky mit dem Finger auf einen Punkt der Erdkarte.

„In der Sahara“, murmelte Lennet geistesabwesend, „da hat der BIDI Glück gehabt...“

„Von Glück kann hier wohl keine Rede sein“, erklärte das junge Mädchen. „An Bord des Raumschiffs haben sich technische Schwierigkeiten ergeben, so daß es nicht in der Sowjetunion landen kann. Also hat der große Konstrukteur den Kosmonauten angewiesen, in dem am dünnsten besiedelten Gebiet niederzugehen.“

Ihre Worte klangen leise und erschöpft. Die lange Arbeit hatte sie angestrengt.

„Ich hoffe, daß man Sie jetzt ein wenig ausruhen läßt...“, entgegnete Lennet.

Sie unterbrach ihn höhnisch.

„Man, man... Sie gehören doch wohl auch zu denen, oder?“

Lennet erwiderte nichts. Er ging zum Telefon hinüber und drückte auf den Knopf „Schasch Wohnung“.

„Hallo? Was gibt's?“ fragte Madame Schaschs scharfe Stimme.

„Guten Morgen, Madame Schasch. Ich hoffe, Sie haben gut geschlafen.“

„Wer spricht?“

„Jean-Jacques Lissou, Madame Schasch, wünscht Ihnen einen angenehmen, guten Morgen.“

„Wenn Sie mich deshalb aufgeweckt haben, dann ...“

„Nein, eigentlich nicht. Ich hätte gern gewußt, wann das Frühstück in diesem Haus angesetzt ist.“

Statt einer Antwort erklangen erstickte Laute am anderen Ende, so daß Lennet es für angebracht hielt fortzufahren.

„Beinahe hätte ich vergessen: Fräulein Chevrot hat den Landepunkt des Vostok festgestellt.“

„Dummkopf! Abscheulicher kleiner Possenreißer! Hätten Sie das denn nicht gleich sagen können? Wo liegt er, dieser Landepunkt?“

„Einunddreißig Grad, zwanzig Minuten, vierzehn Sekunden nördlicher Breite und drei Grad ...“

„Papperlapapp, hören Sie mit diesem Quatsch auf. Ich bin doch kein Seefahrer. Vielleicht können Sie sich etwas klarer und verständlicher ausdrücken!“

„In der Sahara, Madame Schasch. Nahe der marokkanischen Grenze.“

Die alte Dame stieß einen Jubelschrei aus.

„Mein kleiner Lissou, ich habe ja immer gesagt, daß die Sternstunde des BIDI unmittelbar bevorsteht. Wie könnte es anders sein. In der Sahara! An der marokkanischen Grenze! Beeilen Sie sich, wecken Sie das ganze Haus auf. Wir fahren in einer Stunde ab.“

Sofort herrschte fieberhafte Geschäftigkeit im ganzen BIDI.

Madame Schasch nahm zum Frühstück lediglich eine Tasse Pfefferminztee und einen Toast zu sich. Außer ihr erhielt niemand auch nur einen Bissen zu essen.

Sämtliche Telefonleitungen waren ununterbrochen besetzt.

Die Chefin des BIDI persönlich führte ein ziemlich langes

Gespräch mit einem bekannten Historiker, Fachmann für Saharafragen, einem gewissen Professor Benlamache. Da Madame Schasch Deutsch mit ihm sprach, konnte Lennet nicht verstehen, um was es ging.

Als die alte Dame den Hörer aufgelegt hatte, wagte er daher die Frage: „Glauben Sie nicht auch, Madame Schasch, daß es jetzt, nachdem Fräulein Chevrot ihre Aufgabe ja erfüllt hat, klüger wäre, sie laufenzulassen? Schließlich ist sie eine kleine Berühmtheit, und die Polizei ..."

Madame Schasch drohte ihm lächelnd mit dem Zeigefinger.

„Dummes Geschwätz! Sie kennen die einfachsten Spielregeln offenbar noch nicht. Mademoiselle Chevrot fährt mit uns. Nehmen Sie an, daß sie sich in ihren Berechnungen geirrt hat, was dann? Sie werden einsehen, Jean-Jacques, daß ich sie vorläufig noch in der Nähe haben muß, oder?"

Die alte Dame lächelte behaglich.

„Jean-Jacques", fuhr sie fort. „Sie stehlen mir meine Zeit. Ich möchte unbedingt vor dem Vostok an Ort und Stelle sein."

Eine halbe Stunde später kletterten Madame Schasch, Veronique Chevrot, Huc und Lennet in eine riesige, amerikanische Limousine. Onkelchen Olivier saß am Steuer.

Madame Schasch beugte sich aus dem Wagenfenster, um sich von ihrem asiatischen Oberkellner zu verabschieden, der in die Garage hinuntergestiegen war. „Ist alles vorbereitet für die Durchführung von Plan O?"

Der Asiate verbeugte sich.

„Gut. Dann werden Sie genau das Gegenteil tun. Anwendung von Plan D.S.V. Absatz 14. Sie finden die entsprechenden Angaben in unserem ‚Handbuch für richtiges Benehmen'."

Wieder verbeugte sich der Mann.

„Ab geht's, Olivier."

„Könnten Sie mir dieses Wortspiel wohl näher erklären, Madame Schasch?" bat Lennet, als der Wagen abfuhr.

Die alte Dame lachte.

„Ich kann dem Kleinen einfach nichts abschlagen. Was wollen Sie denn wissen?"

„Erstens einmal, was das ‚Handbuch für richtiges Benehmen' ist."

„Das sind die internen Verhaltungsmaßregeln des BIDI, die ich selbst verfaßt habe."

„Und was ist der Plan D.S.V.?"

„Das ist der Plan für eine dringende Standortveränderung, mein kleiner Freund. Ich finde, daß wir uns in dieser Gegend nun schon viel zu lange niedergelassen haben. Es ist höchste Zeit, daß wir unseren Standort wechseln."

Lennet ließ sich seine Enttäuschung nicht anmerken. Jetzt, nachdem er den BIDI schon fest in der Hand zu haben geglaubt hatte, drohte er ihm im letzten Moment zu entwischen.

„Und der Absatz 14?"

„Der Absatz 14 gibt die Zeitspanne an, innerhalb der meine Leute sich und unser gesamtes Material an einem Ort in Sicherheit gebracht haben müssen, der ebenfalls im Absatz 14 angegeben ist. Dieser Ort ist selbstverständlich bereits benachrichtigt worden."

„Hochinteressant. Wieviel Zeit haben sie denn?"

„Im Fall von Absatz 14 vierundzwanzig Stunden."

„Toll! Und wo liegt der Ort, den Sie bereits benachrichtigt haben?"

Lächelnd schüttelte Madame Schasch den Kopf und tippte Lennet mit ihrem spitzen Fingernagel auf die Stirn.

„Sie glauben doch nicht im Ernst, daß ich Ihnen das verrate, mein Kleiner?"

Lennet seufzte und spielte den Gekränkten.

„Wenn Sie nach allem, was ich für Sie getan habe, immer noch kein Vertrauen zu mir haben ..."

Als er spürte, wie Nikky bei dem Wort „Vertrauen", das er ihr gegenüber so oft gebraucht hatte, zusammenzuckte, schwieg er.

In kürzester Zeit legte der Wagen die dreißig Kilometer von Bièvres zu einem kleinen Privatflugplatz zurück, der einem Strohmann des BIDI gehörte. Hier erwartete bereits ein kleines Flugzeug mit laufenden Propellern seine Fluggäste.

Sie hatten gerade ihre Gurte angeschnallt, als sie auch schon vom Boden abhoben.

Das Flugzeug drehte nach Süden.

Irgendwo, wo Lennet es am wenigsten erwartet hätte, setzte das Flugzeug zur Landung an.

„Wir können doch unmöglich schon in der Sahara sein!" rief er überrascht.

Madame Schasch zuckte belustigt mit den Schultern.

„Wir befinden uns auf einem meiner Privatflugplätze in der Bretagne, den ich extra für größere Maschinen habe bauen lassen. Sie glauben doch nicht etwa, daß wir mit diesem lahmen Kuckuck hier bis in die Sahara fliegen!"

Fünf Minuten später erhob sich eine vierstrahlige Maschine mit heulenden Triebwerken in die Luft.

„Sie sehen", sagte Madame Schasch nicht ohne Stolz zu Lennet, „Sie haben es nicht mit Anfängern zu tun. Der BIDI verfügt auf allen Gebieten über die modernsten Mittel."

War das Raumschiff bemannt?

Bei ihrer Ankunft in Nordafrika waren die Mitglieder des BIDI in einen Hubschrauber umgestiegen, denn mit der Düsenmaschine hätten sie niemals mitten in der Wüste landen können.

„Dort ist er!" rief der Pilot und wies auf die schwarzblauglänzende Kugel. Wegen des Lärms, den der Flügelpropeller verursachte, konnte zwar niemand diese Worte verstehen, aber seine Handbewegung war beredt genug.

Alle schauten hinunter.

Madame Schasch sah auf ihre Armbanduhr. Ihr Zwicker funkelte in der Sonne, als sie ihren Blick auf Nikky heftete, die neben ihr saß.

„Was soll das heißen, meine Kleine?"

Erstaunt weiteten sich Nikkys hübsche Augen.

Mit ihrem gebogenen Fingernagel tippte Madame Schasch auf das Zifferblatt ihrer Uhr.

„12 Uhr 12!"

Die verschiedenen Piloten hatten die Flugzeiten vorbildlich eingehalten. Nicht so der Satellit. Nach Nikkys Berechnungen hätte er erst um 12 Uhr 36 landen dürfen!

„Können Sie nicht mehr richtig zählen, oder was?" herrschte die Chefin des BIDI das junge Mädchen an. „Ich habe Ihnen doch gesagt, daß ich dabeisein wollte, wenn er landet."

Auch wenn Nikky nicht jedes einzelne Wort verstand, so ließ doch der wütende Ausdruck in Madame Schaschs faltigem Gesicht keinen Zweifel über deren Inhalt. Die junge Mathematikerin machte eine hilflose Handbewegung.

„Wahrscheinlich haben sich die Windgeschwindigkeiten geändert ..."

Lennet las dem jungen Mädchen diesen Satz von den Lippen ab. Rein gefühlsmäßig glaubte er aus dieser ziemlich schwachen Verteidigung zu entnehmen, daß es in Wirklichkeit völlig ausgeschlossen war, daß sich Nikky in der Bestimmung der Landezeit geirrt hatte. Aber weshalb sagte sie das nicht? Da er auf diese Frage nicht sofort eine Antwort fand, beschloß er, später noch einmal in Ruhe darüber nachzudenken.

Dabei wäre die Antwort so einfach gewesen ...

Madame Schasch war verstimmt. Sie tauschte mit Huc einen Blick, der nichts Gutes für die junge Mathematikerin verhieß.

Der Helikopter landete in fünfzig Meter Entfernung von der großen Kugel, neben der ein riesiger Fallschirm lag.

Nacheinander kletterten sie aus der Kanzel. Olivier wollte Madame Schasch beim Aussteigen behilflich sein, aber sie stieß ihn zurück.

„Jean-Jacques, reichen Sie mir Ihre Hand!"

Der Wüstenboden bestand hier nicht aus Sand, sondern aus verwittertem, spitzem Gestein.

„Oh! Meine Absätze!" rief Madame Schasch und fiel Lennet in die Arme. Nicht gerade liebevoll stellte er sie wieder auf die Beine.

„Wenn man in die Sahara fährt, dann zieht man auch keine hochhackigen Schuhe an! Am besten, Sie ziehen sie aus und gehen barfuß. Nein, ich habe noch eine bessere Idee: Huc wird Sie tragen."

Also nahm Huc die kleine, alte Dame in seine starken Arme und trug sie zu der schwarzen Kugel hinüber. Lennet hatte nun beide Hände frei, um sich um Nikky zu kümmern. Denn genau das hatte er bezweckt. Das junge Mädchen war so niedergeschlagen, daß sie sich nicht einmal wehrte. Onkelchen Olivier folgte den beiden. Hinter ihm gingen der Pilot und der Funker des Hubschraubers.

Der Vostok 18 war eine Kugel mit einem Durchmesser von ungefähr zwei Metern. Die Steine, auf denen er gelandet war, hatte er beim Aufsetzen zermalmt. Es gab kein Anzeichen dafür, daß sich ein Mensch in seinem Innern befand.

Alle standen etwas ratlos um den Satelliten herum. Zwei einander genau gegenüberliegende Stahlplatten unterschieden sich deutlich von der glatten Oberfläche.

„Das dürften die Ein- und Ausstiegsklappen sein", vermutete Nikky.

„Wie öffnet man die?" fragte Madame Schasch ungeduldig.

„Von innen natürlich."

Die alte Dame streckte eine Hand aus, um die Kugel zu berühren.

„Vorsicht!" schrie Nikky. „Sie können sich furchtbar verbrennen. So ein Raumschiff ist nach seinem Wiedereintritt in die Atmosphäre durch die Luftreibung glühend heiß."

„Und bei den Temperaturen hier, wird es bestimmt nicht allzu schnell abkühlen", bemerkte Onkelchen Olivier.

„Ich finde", ließ sich Lennet vernehmen, „daß Mademoiselle Chevrot voreilig war. Sie hätte Madame Schasch ruhig Erfahrungen sammeln lassen sollen ..."

„Manchmal", erwiderte die Chefin des BIDI trocken, „sind Sie ausgesprochen geistreich, mein Freund. Aber manchmal sind Sie es ganz und gar nicht. Wie kommt man denn nun in dieses Dings hinein?"

Noch einmal gingen alle aufmerksam um den Satelliten herum. Nirgends eine Öffnung. Der Pilot des Hubschraubers, ein großer, schweigsamer Kanadier, entdeckte eine Platte, die auf einem Scharnier montiert zu sein schien.

„Die kann man wahrscheinlich auch nur von innen öffnen?" erkundigte sich Madame Schasch, die noch immer von Huc getragen wurde.

Der Kanadier nickte.

Die Sonne brannte vom Himmel. Onkelchen Olivier machte sich aus seinem Taschentuch einen Kopfschutz. Pilot und Funker flüchteten in den dürftigen Schatten des Hubschraubers.

„Sagen Sie, Sie gelehrtes Fräulein, wissen Sie denn wenigstens, ob wir es hier mit einem bemannten Raumschiff zu tun haben?" fragte Madame Schasch spitz.

Möglicherweise war es nur ein Roboter, der Funksprüche mit dem großen Konstrukteur ausgetauscht hatte!

„Befindet sich in dieser Eisenkugel wirklich ein Mensch?"

„Auf jeden Fall hat sich einer darin befunden. Ob er noch am Leben ist, weiß ich nicht."

„Da haben wir's", platzte Onkelchen Olivier heraus. „Er hat beim Aufprall auf die Erde bestimmt einen Knacks erlitten, und deshalb kann er nicht rauskommen. Jeder normale Mensch würde doch . . ."

„Ach, halten Sie doch den Mund, Olivier. Ihr dummes Geschwätz geht mir auf die Nerven. Hat vielleicht jemand eine Ahnung, wie wir das komische Ding aufkriegen?"

Huc legte sein Gesicht in kummervolle Falten.

„Vielleicht mit einem Büchsenöffner?" schlug er vor.

„Idiot! Etwas Blöderes fällt Ihnen wohl nicht ein, wie?" empörte sich Madame Schasch. Sie war überhaupt verärgert. Über die vorzeitige Landung des Satelliten, über ihre hohen Absätze und darüber, daß mit der Zerlegung der Beute nicht sofort begonnen werden konnte. „Los, Huc, tragen Sie mich zum Hubschrauber zurück. Wir müssen sowieso warten, bis der Funkwagen eintrifft. Vielleicht kann er dann eine Verbindung zu dem Insassen dieser Käseglocke herstellen."

„Ein Funkwagen?" fragte Lennet erstaunt.

„Jetzt fängt der auch noch an, dämliche Fragen zu stellen. Das hat mir gerade noch gefehlt! Jawohl, junger Freund, ich erwarte einen mit Funk- und Fernsehgeräten ausgerüsteten Lastwagen. Er gehört zum Wagenpark des BIDI und ist heute morgen von Colomb-Béchar abgefahren."

„Sie hatten Ihren Funkwagen in Béchar stationiert? Wozu denn das?"

„Sie scheinen nicht zu wissen, mein lieber Jean-Jacques, daß Frankreich in Béchar über eine Raketenabschußbasis verfügt! Niedliche, kleine Boden-Boden- und Boden-Luft-Raketen. Nicht besonders gefährlich, aber von einmaliger Treffsicherheit! Und stellen Sie sich vor, die haben mich interessiert. Zurück jetzt, zum Hubschrauber!"

Sie hatten den Hubschrauber noch nicht ganz erreicht, als sie von ferne Schüsse hörten. Der Funker reckte den Hals. Der Kanadier sah ihn fragend an.

„Hört sich nicht gerade friedlich an", brummte Onkelchen Olivier.

Madame Schasch blickte befriedigt auf ihre Armbanduhr.

„Bewaffneter Grenzzwischenfall an der algerisch-marokkanischen Grenze", erklärte sie.

„Sie sind ausgezeichnet unterrichtet", stellte Lennet fest.

„Nicht sehr verwunderlich, wenn man bedenkt, daß ich diesen Zwischenfall höchstpersönlich ausgelöst habe."

„Sie?"

„Natürlich. Ihr Spatzengehirn, mein junger Freund, dürfte folgendes wohl nicht bedacht haben: Wenn mich meine Abhörstation vom Start des Vostok 18 unterrichten konnte, dann muß es in Frankreich logischerweise noch andere — offizielle — Abhörstationen geben, die über die gleichen Informationen verfügen. Ich bin also nicht die einzige, die von diesem verfehlten Satellitenflug weiß. Allerdings darf ich ziemlich sicher sein, daß wir allen anderen gegenüber einen beträchtlichen Zeitvorsprung haben! Mit anderen Worten: Wir dürfen in absehbarer Zeit mit dem Eintreffen einer offiziellen Abordnung am Landeplatz des Satelliten rechnen. Da sich dieser nun in unmittelbarer Nähe von Colomb-Béchar befindet, dürfte die Abordnung sowohl offiziell befugt als auch bewaffnet sein. Ich habe also auf jeden Fall die ungünstigere Ausgangsstellung. An all das haben Sie wohl noch keine Sekunde gedacht, oder?"

„Es ist mir zwar schon durch den Kopf gegangen. Aber länger drüber nachgedacht habe ich nicht."

„Papperlapapp! Ich habe aber schon länger drüber nachgedacht. Dabei bin ich zu folgendem Schluß gelangt: Wenn der Vostok auf marokkanischen Boden gefallen wäre, dann hätte ich ihn in aller Ruhe zerlegen können. Denn die Marokkaner verfügen weder über ein Zentrum für Weltraumflüge, noch interessieren sie sich sonderlich für künstliche Satelliten, noch wären sie in der Lage sich mit dem BIDI anzulegen. Auf algerischem Boden jedoch, und noch überdies in der Nähe von Colomb-Béchar, können mir die Franzosen ganz schön auf die Füße treten. Daher Lösung Nummer 1: den Landepunkt des Satelliten verlegen."

„Aber das ist doch unmöglich!"

„Richtig! Daher Lösung Nummer 2: die Grenze verlegen!"

„Das ist genauso unmöglich."

„Für Sie, kleiner Dummkopf. Nicht aber für mich. In dieser Gegend treiben sich schon seit Jahrhunderten mehr oder minder gut organisierte Stämme herum, die sich weder als Marokkaner noch als Algerier fühlen und erbittert ihr Fleckchen Wüste verteidigen. Den Verlauf der Grenze kann man also hier ziemlich willkürlich annehmen. Die Bewohner dieser Gegend haben zwar kein ausgeprägtes, aber ein um so kriegerischeres Nationalbewußtsein. Jene Stämme, die sich um den König von Marokko geschart haben, liegen in ständigem Streit mit jenen des unabhängigen Algerien. Das ganze Gebiet hier, junger Freund, ist ein Pulverfaß, an das man nur den zündenden Funken zu legen braucht. Ein Telegramm von Benlamache, in dem er einem marokkanischen Oberst erklärte, daß er Anspruch auf gewisse Landstriche erhebe, die von den Algeriern zu Unrecht besetzt würden, hatte genügt, daß die beiden einander an die Gurgel gesprungen waren. Um die ganze Sache aber noch interessanter zu gestalten, hat man von ungeheuren Erdölvorkommen gesprochen, gegen die das von Hassi Messaoud ein lahmes Rinnsal war... Die Schüsse, die Sie soeben gehört haben, haben den Angriff des marokkanischen Oberst El Hadj auf die algerischen Grenzposten eröffnet. Selbstverständlich wird die ganze Angelegenheit schon innerhalb weniger Tage oder Stunden geklärt sein. In der Zwischenzeit jedoch ist die marokkanische Grenze weit genug nach Algerien hineinverlegt worden, daß die Franzosen von Béchar keine Gelegenheit haben werden, uns hier bei unserer so wichtigen Arbeit zu stören."

„Und alles nur, damit Sie inzwischen sämtliche Einzelteile des russischen Satelliten in aller Ruhe an den Meistbietenden verkaufen können!"

Nikky hatte ihre Schüchternheit überwunden und griff die Chefin des BIDI offen an. Doch Madame Schasch lachte nur trocken.

„Behalten Sie Ihre menschenfreundlichen Überlegungen für sich, meine Kleine. Die sind hier völlig fehl am Platz. Ich habe mir lediglich ein paar Stunden Ruhe verschafft, um ungestört arbeiten zu können. Wenn Sie mir deswegen etwas vorwerfen wollen, kann ich Ihnen auch nicht helfen."

In diesem Augenblick rief der Pilot, der mit zusammengekniffenen Augen den Horizont absuchte: „Fahrzeug!"

Das Fahrzeug war der Funkwagen des BIDI mit drei Mann Besatzung. Alle drei Insassen waren Schweizer. Der älteste von ihnen sprang aus dem Wagen und baute sich respektvoll vor Madame Schasch auf.

„Stehen zu Diensten, Madame!" erklärte er in typischem Schweizer Tonfall.

Madame Schasch musterte ihn wohlwollend.

„Keine Schwierigkeiten beim Überschreiten der neuen Grenze?"

„Melde ergebenst: Doch, Madame. Kolossale Schwierigkeiten. Algerische Panzer, marokkanische Panzer. Bum bum! Peng peng! Sehr viel peng peng!"

„Wie ist es Ihnen dann gelungen durchzukommen?"

„Mit kleinem Bakschisch hier, kleinem Bakschisch da."

Madame Schasch mußte lachen. Überhaupt hatte sich ihre Stimmung mit Ankunft des Funkwagens erheblich gebessert.

„Sehen Sie diese Käseglocke da vorne? Versuchen Sie, sich mit ihr in Verbindung zu setzen."

Dem Schweizer schien der Vostok 18 nicht ganz geheuer zu sein. Unsicher schielte er in seine Richtung.

„Fliegende Untertasse?"

„Nicht ganz."

„Mit vielen, kleinen, grünen Marsmenschen drin?"

„Genau das möchte ich gerne von Ihnen wissen."

Der Schweizer schlug die Hacken zusammen und entfernte sich in Richtung Funkwagen.

Die anderen hatten inzwischen begonnen, ein Lager aufzuschlagen. Einer der Neuankömmlinge und Huc bemühten sich, ein Zelt aufzustellen. Gleich daneben sollte dann noch ein zweites Zelt aufgebaut werden. Der Funkwagen war unter anderem mit einer Kühlanlage ausgerüstet, von wo sich Madame Schasch ein eiskaltes Getränk holen ließ.

„Es ist doch eigenartig", begann die Chefin des BIDI nachdenklich, während sie die Eiswürfel in ihrem Glas umrührte, „daß der Vostok seit heute früh neun Uhr totale Funkstille hat... Ich fürchte fast, daß es uns nicht gelingen wird, mit ihm Funkverbindung aufzunehmen."

„Neun Uhr morgens war genau die Zeit seines Eintritts in die Atmosphäre", meinte Nikky. „Es geschieht oft, daß dabei für einige Zeit sämtliche Funkverbindungen unterbrochen werden."

„Das schon, aber auch hinterher? Der letzte Funkspruch, den meine Abhörstation aufgefangen hat, war die Anweisung, die Sicherheitsvorrichtungen zu zünden. Dann hat der Kosmonaut noch bestätigt, daß er diesen Befehl erhalten habe, und seither herrscht Schweigen. Sie müssen zugeben, daß das schon etwas sonderbar ist, oder?"

Nachdenklich entfernte sich Lennet und schlenderte zum Funkwagen. Niemand hinderte ihn daran einzusteigen.

Der Lastwagen bestand aus drei, voneinander unabhängigen Räumen. Vorne war das Führerhaus, in der Mitte ein viereckiger Wohnraum mit Kochgelegenheit, von hier aus führte eine schmale Tür in den eigentlichen Arbeitsraum, der wiederum an seinem hinteren Ende eine Tür hatte. Als Lennet in den Arbeitsraum trat, glaubte er im ersten Moment, in ein Fernsehstudio zu treten. Da gab es Bildschirme, Mikrofone, Schaltpulte, dazwischen blinkten überall Kontrollampen. Die Temperatur in diesem Raum war angenehm kühl, überdies war er schalldicht und somit völlig von der Umwelt abgeschlossen. Zwei Schweizer saßen auf hohen Hockern vor hellgrün gestrichenen, mit Schaltern und Knöpfen übersäten Schaltpulten. Sie schenkten Lennet keinerlei Beachtung.

Auf den vier Bildschirmen vor ihnen flimmerten undeutliche Bilder...

Plötzlich wurde das Bild klarer und schärfer. Deutlich waren Licht und Schatten und verschiedene Umrisse zu erkennen...

„Da haben wir die Marsmenschen", erklärte einer der Funker ungerührt.

Keine Verständigung

Doch das Gesicht, das nun immer deutlicher auf dem Bildschirm erschien, hatte nichts von einem Marsmenschen an sich.

Es war vielmehr das Gesicht eines jungen, besorgt aussehenden Mannes, der einen Raumanzug trug, auf dessen Helm die Buchstaben C.C.C.P., d. h. UdSSR zu lesen waren. Lennet war vom Anblick dieses jungen Mannes, der nur hundert Meter von ihm entfernt in der großen, glänzenden Kugel eingeschlossen und vor nicht allzu langer Zeit aus dem Weltall zurückgekehrt war, beeindruckt.

Die pessimistischen Voraussagen der BIDI-Leute hatten sich also nicht bewahrheitet. Der Kosmonaut schien die Landung schadlos überstanden zu haben. Das Gesicht auf dem Bildschirm war keineswegs das eines Toten. Mund und Augen bewegten sich. Als der Kosmonaut einmal kurz den Kopf hob, bemerkte Lennet, daß er ein schwaches Kinn hatte.

„Ein Mensch", brummte der erste Funker erstaunt.

„Ein lebendiger Mensch", fügte der zweite hinzu.

„Er spricht", bemerkte der erste.

„Wellenlänge suchen", befahl der zweite.

Gemeinsam versuchten sie, die Wellenlänge festzustellen, auf der ihr „Gegenüber" sendete und Funksprüche erhielt. Immer noch studierte Lennet gebannt die Gesichtszüge des unbekannten Raumfahrers.

Schließlich hatten die beiden Funker den richtigen Kanal gefunden.

Sofort ergoß sich ein unverständlicher Wortschwall über sie, der immer an den Stellen unterbrochen war, wo man am wenigsten eine Pause vermutet hätte.

„Das ist wahrscheinlich Russisch", stellte einer der Funker nach kurzer Überlegung fest.

„Verstehst du, was er sagt?" erkundigte sich der andere.

Der erste Funker schüttelte den Kopf.

Die unverständlichen Worte prasselten unablässig wie eine gut auswendig gelernte Rede auf sie nieder. Die Lippen des Kosmonauten bewegten sich im selben Rhythmus.

„Man sagt, daß die Slawen sehr sprachbegabt sind", meinte einer der Funker.

„Versuchen wir es", ermutigte ihn der andere.

Abwechselnd befragten sie den Fremden.

„Gombrenez-vous le vranzais?" fragte der erste in schlechtem Französisch. „Sprechen Sie Französisch?"

„Barlade italiano?" erkundigte sich der andere in auch nicht gerade glänzendem Italienisch.

Lennet ergriff das Mikrofon, um den Kosmonauten anzusprechen

„Do you speak English?" wollte der erste in schweizerisch klingendem Englisch wissen.

Der Kosmonaut hatte aufgehört zu sprechen. Doch jede der an ihn gerichteten Fragen beantwortete er nur mit einem verständnislosen Achselzucken.

Nun ergriff Lennet das Mikrofon.

„Comprenez-vous le Francais? Sprechen Sie Französisch?" fragte er langsam und deutlich.

Diesmal huschte ein verstehendes Leuchten über das Gesicht des jungen Mannes auf dem Bildschirm. Er nickte zustimmend.

„Ja, natürlich."

Es war ein erhebendes Gefühl für Lennet, dem Fremden diese ersten beiden verständlichen Worte entlockt zu haben. Die Schweizer tauschten empörte Blicke aus. „Der hält uns wohl zum Narren, wie?" meinte der eine. „Einmal versteht er Französisch, dann versteht er's wieder nicht, pah!"

Lennet nahm das Mikrofon in beide Hände.

„Ich freue mich zu sehen, daß Sie die Landung so gut überstanden haben. Sie sind doch nicht verletzt, oder?"

„Ich danke Ihnen. Nein, ich bin nicht verletzt. Würden Sie mir bitte sagen, wer Sie sind?"

Eine kitzlige Frage. Lennet versuchte auszuweichen.

„Warum haben Sie Ihre Kugel noch nicht verlassen? Hat sich irgend etwas verklemmt?"

„Russisches Material verklemmt sich nicht", erwiderte der Kosmonaut einfach.

„Auch nicht die Vorrichtungen, die einen Satelliten auf die richtige Umlaufbahn bringen sollen? Und auch die Bremsraketen nicht?" erkundigte sich Lennet mit einem Anflug von Spott.

Das Gesicht des Kosmonauten verfinsterte sich. Er gab keine Antwort.

Schon taten Lennet seine Worte leid.

„Sie dürfen das nicht ernstnehmen! Wissen Sie, wir Franzosen machen gerne Witze auf anderer Leute Kosten, aber wir meinen es nicht so."

„Ah! Sie sind also Franzose", stellte der Kosmonaut fest. Seiner Stimme war nicht zu entnehmen, ob er sich darüber freute oder nicht.

„Ja, wir sind Franzosen. Zumindest einige von uns. Aber Sie haben meine Frage noch nicht beantwortet, warum verlassen Sie denn nicht Ihre Kugel?"

„Sind Sie von Ihrer Regierung beauftragt, mich zu empfangen?"

„Dann haben Sie also die Absicht noch länger da drin zu bleiben?"

„Sagen Sie mir zuerst, auf was für Boden befinde ich mich?"

„Wird Ihnen da drinnen nicht ein bißchen heiß?"

„In wessen Auftrag sprechen Sie überhaupt mit mir?"

Die Schweizer grinsten sich vielsagend an.

Es war unmöglich, ein richtiges Gespräch in Gang zu bekommen.

„Hören Sie", versuchte es Lennet noch einmal, „wir sollten doch zumindest versuchen, nicht ständig aneinander vorbeizureden."

„Da bin ich ganz Ihrer Meinung."

„Sie sprechen ausgezeichnet Französisch."

„Danke."

„Es ist zwar ganz lustig sich so per Fernsehschirm zu unterhalten, aber ich würde Ihnen trotzdem riesig gerne die Pfote drücken."

„Zuerst muß ich wissen, mit wem ich die Ehre habe zu sprechen."

„Ihr seid ganz schön förmlich, ihr Russen! Sie haben die Ehre, mit Jean-Jacques Lissou zu sprechen."

„Sehr erfreut."

Nach einem etwas verblüfften Kopfnicken fuhr der Russe fort: „Gehören Sie zu einer wissenschaftlichen Abordnung?"

„So kann man's auch nennen. Aber Sie haben mir immer noch nicht gesagt ..."

In diesem Moment ging die Tür auf, und die anderen BIDI-Leute drängten sich in den Funkwagen. Als Madame Schasch eintrat, erhoben sich die beiden Schweizer.

„Verbindung hergestellt."

Die kleine, alte Dame marschierte schnurstracks auf den Bildschirm zu.

„Da ist er ja, unser Kosmonaut! Bravo, bravo! Sieht er mich genauso gut wie ich ihn?"

„Ja, Madame, Sie stehen genau im Blickfeld der Kamera", bestätigte einer der Funker.

Dann wandte sich Madame Schasch an den jungen Mann auf dem Bildschirm, dessen Gesicht nun ziemliche Überraschung ausdrückte.

„Na, wie steht's, junger Freund, haben Sie bald lange genug Auster gespielt? Ich habe keine Lust noch ewig darauf zu warten, daß Sie sich endlich entschließen auszusteigen. Falls Sie es noch nicht selber bemerkt haben sollten, darf ich Sie darauf aufmerksam machen, daß es in der Sahara ziemlich heiß ist."

Der Kosmonaut runzelte die Stirn.

„Die sowjetischen Klimaanlagen funktionieren ausgezeichnet", erwiderte er ungerührt. „Die Temperatur in meinem Raumschiff verändert sich nie – ich könnte mich genausogut am Nordpol befinden!"

„Genug, genug, keine Propaganda bitte", fiel ihm Madame Schasch ins Wort. „Ich habe Wichtigeres zu tun, als mich um alle Raumfahrer-Popovs zu kümmern, denen es nicht gelingt, in ihrer Heimat zu landen. Entweder Sie öffnen Ihren Laden jetzt freiwillig, aber ein bißchen dalli, oder wir werden die Sache in die Hand nehmen."

„Madame", entgegnete der Kosmonaut voller Würde, „ich beherrsche Ihre Sprache zwar nicht vollkommen, aber doch immerhin gut genug, um feststellen zu können, daß Ihr Tonfall die Freundlichkeit vermissen läßt, die meine Regierung ..."

„Papperlapapp!" unterbrach ihn Madame Schasch ungeduldig. „Das kannst du anderen erzählen. Was mich betrifft, so habe ich nicht die geringste Ursache, besonders freundlich zu dir zu sein. Du hast doch einen Diodenlaser an Bord, oder? Genau der interessiert mich. Außerdem noch sämtliche Analysierinstrumente, Fernmeßgeräte sowie die medizinischen Meßgeräte, und zwar jeweils Sende- und Empfangsgeräte."

„Sie sollten vielleicht doch etwas freundlicher zu ihm sein", flüsterte Onkelchen Olivier seiner Chefin zu. „Die Russen sind da sehr empfindlich. Außerdem, was wollen wir denn schon von ihm? Er braucht lediglich seine Klappe zu öffnen. Den Rest besorgt sowieso Huc."

„Sie wissen doch ganz genau, daß Freundlichkeit nicht meine Stärke ist", entgegnete Madame Schasch.

Wieder ließ sich der Kosmonaut vernehmen.

„Ich muß unverzüglich wissen, mit wem zu sprechen ich die Ehre habe. Ist Madame die Leiterin einer offiziellen Abordnung?"

„Ja, ja, hunderttausendmal ja. Ich bin die Leiterin der Abordnung, die die französische Regierung in die Sahara entsandt hat, um Sie zu begrüßen."

„Ich danke der französischen Regierung für ihre Aufmerksamkeit und sehe darin ein Zeichen, das unsere beiden Völker vereint", entgegnete der Kosmonaut ernsthaft. „Bestimmt befindet sich auch ein Abgesandter der sowjetischen Botschaft in Ihrer Begleitung. Könnten Sie ihn wohl bitten, in das Blickfeld der Kamera zu treten?"

„Dieser Mann macht mich noch verrückt!" schrie Madame Schasch unbeherrscht. „Ich möchte nur wissen, warum wir ihn wie ein rohes Ei behandeln!"

Sekundenlang hielt sie das Mikrofon zu.

„Ein Abgesandter der sowjetischen Botschaft, wo nehmen wir denn den her? Los, Huc, kommen Sie."

Huc trat vor und grinste dümmlich in die Kamera. Sogleich entlud sich wieder derselbe, unverständliche Wortschwall, den Lennet schon einmal gehört hatte... Huc geriet völlig aus dem Häuschen, kratzte sich mit beiden Händen am Kopf, warf hilfesuchende Blicke um sich, trat von einem Bein aufs andere und floh schließlich, wie von der fremden Stimme verjagt, aus dem Blickfeld der Kamera.

Auf Französisch fuhr die Stimme aus dem Lautsprecher fort: „Ich begreife nicht ganz, was dieser schlechte Scherz bezwecken sollte. Es ist nur allzu offensichtlich, daß das Individuum, das Sie mir soeben vorgestellt haben, keiner slawischen Rasse angehören kann. Aufgrund seiner ungewöhnlichen Gesichtszüge betrachte ich es überdies als eine grobe Beleidigung meines Landes, einen solchen Menschen als Sowjetbürger zu bezeichnen."

Lennet prustete.

Madame Schasch wurde dunkelrot vor Wut und schüttelte drohend ihre Faust gegen den Bildschirm.

„Du Aufschneider!" schrie sie mit überschnappender Stimme. „Du Einfaltspinsel! Du kleine Kröte! Warte nur bis wir dich zu fassen kriegen! Kommst du jetzt raus aus deiner Kugel oder nicht? Hast du denn immer noch nicht begriffen, daß ich dich in der Hand habe? Und glaube mir, wenn du uns noch lange Schwierigkeiten machst, werden wir bestimmt keine Nachsicht walten lassen!"

Einen kurzen Moment lang glaubte Lennet so etwas wie Angst über das Gesicht des Kosmonauten huschen zu sehen. Doch schon im nächsten Augenblick entgegnete er mißbilligend, aber heiter: „Sie müssen wissen, Madame, daß ich die Klappe meines Raumschiffs nur einem Abgesandten der sowjetischen Regierung öffnen darf."

„Mach sofort auf!" fauchte ihn Madame Schasch an, „oder ich werde dich in deiner Kugel bei lebendigem Leibe grillen!"

Der Kosmonaut lächelte verächtlich.

„Die sowjetischen Klimaanlagen", entgegnete er, „arbeiten ausgezeichnet. Die Temperatur in meinem Raumschiff ..."

Im Zelt wurde Kriegsrat gehalten.

„Ich brauche diesen Mann sofort!" Die unheimliche Ruhe Madame Schaschs verhieß nichts Gutes.

Ein zweiter Hubschrauber landete und brachte den englischen Arzt, den deutschen Experten für Funkwesen sowie einen italienischen Chemiker, der Spezialist für Metalle war. Sie alle waren am Morgen über Funk herbeordert worden. Der BIDI schien wirklich über Fachleute auf allen Gebieten zu verfügen. Wenn es ihnen jetzt noch gelang, den Vostok zu öffnen, dann würden sich bestimmt alle wie Raubvögel auf ihre Beute stürzen.

Es hagelte nur so gute Vorschläge:

„Man muß den Kosmonauten überreden ..."

„Er muß ausgeräuchert werden ..."

„Am besten, wir sprengen die Kapsel ..."

„Wir könnten es mit einer Säure versuchen ..."

„Ausgeschlossen", der italienische Metallfachmann schüttelte den Kopf, „wir wissen ja nicht einmal, um was für eine Legierung es sich handelt."

„Dann kann man das Ding vielleicht sprengen?"

„Madame, das Raumschiff ist von einer Rakete in seine Umlaufbahn getragen worden. Sie können sich selbst ausrechnen, wie widerstandsfähig es also sein muß", sagte Nikky.

Nun schaltete sich zum erstenmal auch Lennet ein: „Um die Kapsel zu sprengen, müßte man ein Loch in ihre Außenwand bohren. Wo sollte man sonst den Sprengstoff anbringen?"

„Ich für mein Teil", erklärte Onkelchen Olivier, „würde es mit dem Schweißbrenner versuchen."

„Bei seinem Wiedereintritt in die Atmosphäre hat der Vostok wesentlich höhere Temperaturen ausgehalten, als Sie sie mit Ihrer Lötlampe je erzielen könnten", wehrte Nikky ab.

Herausfordernd blickte Madame Schasch von einem zum andern.

„Doktor", wandte sie sich an den Engländer. „Haben Sie nichts vorzuschlagen?"

„Sie könnten versuchen, den Kosmonauten zu bestechen."

„Glauben Sie, daß er darauf eingeht?"

„Immerhin wäre es einen Versuch wert."

„Wer hat sonst noch Vorschläge?"

Allgemeines Schweigen.

Madame Schaschs Augen funkelten vor Zorn.

„Es ist jetzt kurz vor zwei", erklärte sie. „Ich habe noch nichts zu Mittag gegessen. Strengen Sie Ihre Gehirne ein bißchen an, während ich eine Kleinigkeit esse und mir ein wenig Ruhe gönne. Sie haben bis fünf Uhr Zeit. Wenn Ihnen bis dahin nichts Brauchbares eingefallen ist, dann können Sie sich allesamt auf etwas gefaßt machen!"

Die BIDI-Leute verstreuten sich.

Madame Schasch setzte die drei Schweizer vor die Tür und ließ sich im Wohnraum des Funkwagens nieder. Huc servierte ihr ein Mittagessen, das ausschließlich aus Konserven bestand.

Im Funk- und Fernsehraum machten sich die Schweizer über die restlichen Konservendosen her.

Die beiden Piloten aßen in ihren Hubschraubern. Die übrigen Leute verteilten sich in die zwei Zelte.

Die Hitze wurde unerträglich.

„In dieser Hitze könnte man Spiegeleier braten", stöhnte Onkelchen Olivier.

Er streckte sich in demselben Zelt aus wie Nikky. Sie stand auf und wollte hinausgehen. Am Eingang prallte sie mit Lennet zusammen.

„Onkelchen Olivier", rief der aufgeregt. „Es dürfte Ihrer Aufmerksamkeit entgangen sein, daß schon wieder Fahrzeuge in Sicht sind."

„Hm! Was? Wir erwarten aber niemanden mehr."

„Wirklich? Ich dachte, Sie erwarten noch vier Jeeps, von denen zwei mit Maschinengewehren ausgerüstet sind!"

„Laß die blöden Witze!"

„Na, kommen Sie doch, und überzeugen Sie sich!"

Leise vor sich hinfluchend erhob sich Olivier und trat vors Zelt.

Kleiner Zwischenfall an der Grenze

Die vier Jeeps kreisten das Lager ein und hielten. Marokkanische Soldaten sprangen heraus. In einer Entfernung von ungefähr fünfzig Metern bezogen sie entweder hinter größeren Steinen Stellung oder legten sich platt auf den Bauch.

Ihr Anführer war ein junger Hauptmann, sonnengebräunt mit einem kleinen, schwarzen Schnurrbart. Begleitet von einem großen Europäer in Zivil schritt er langsam auf die Zelte zu. Der Europäer trug einen kleinen Filzhut auf dem Kopf, der sich in diesen Breiten ziemlich lächerlich ausnahm. Auf seiner Stirn standen dicke Schweißperlen. Onkelchen Olivier ging den beiden Männern entgegen. Lennet folgte ihm in einigem Abstand.

Zu seiner größten Überraschung erkannte er in dem Zivilisten Kommissar Didier von der Spionage-Abwehr, mit dem er es im Laufe einer seiner früheren Missionen schon einmal zu tun gehabt hatte. Sollte er sich den Leuten zu erkennen geben und sie um Hilfe bitten? Oder war es besser, sich möglichst

Vier Jeeps kreisten das Lager ein

unauffällig im Hintergrund zu halten und eine günstige Gelegenheit abzuwarten, alle BIDI-Leute auf einmal zu schnappen? Lennet entschied sich für letzteres.

„Guten Tag, Monsieur", grüßte der marokkanische Hauptmann höflich und blieb zehn Meter vor Onkelchen Olivier stehen. „Ich bin Hauptmann Mostefaï, Erkundungsoffizier von Oberst El Hadj. Das hier ist Kommissar Didier von der französischen Spionage-Abwehr."

„Tag!" erwiderte Olivier vergnügt. „Wissen Sie, Monsieur, was mich betrifft, so habe ich mit Kommissaren und dererlei Gesindel nicht allzuviel im Sinn. Es geht mir nur deshalb so ausgezeichnet, weil ich sie so selten sehe. Und wenn ich sie noch seltener sähe, ginge es mir gleich noch um ein Haus besser. So, und nachdem diese Frage geklärt wäre: Was kann ich für die Herren tun?"

Achselzuckend sah der Hauptmann seinen Begleiter an, der sich schweratmend die Stirn trocknete.

„Sind Sie sich darüber im klaren", fuhr der Hauptmann dann an Olivier gewandt fort, „daß Sie sich auf marokkanischem Boden befinden?"

„Ja, wir sind uns darüber völlig im klaren."

„Sie sind also bereit, sich den Befehlen der marokkanischen Behörden zu unterwerfen?"

„Wir sind bereit", erwiderte Onkelchen Olivier ungerührt und dachte nicht daran, seine Hände aus den Hosentaschen zu nehmen.

„Es geht um folgendes ..."

Ganz unerwartet schaltete sich der Kommissar ein.

„Lassen Sie mich reden, mein Bester. Also, wir wissen, daß irgendwo hier in der Gegend ein russischer Satellit notgelandet sein muß. Wenn ich nicht irre, dürfte er das da hinten sein."

„Sehr scharfsinnig!" Onkelchen Olivier nickte.

„Gut. Dann werden Sie sicher auch verstehen, daß den Sowjets sehr viel daranliegt, den Satelliten zurückzubekommen. Trotzdem würden wir ihn uns vorher gerne einmal etwas näher ansehen. Wir haben daher mit den Russen und den Algeriern eine dementsprechende Abmachung getroffen. Allerdings war das noch, bevor die Marokkaner ..."

„Sich ein Gebiet zurückerobert haben, das ihnen seit dem Jahre 1203 gehört!" beendete Hauptmann Mostefaï den Satz.

„Daraus ergeben sich nun aber leider einige kleinere Probleme. Die französische Regierung bemüht sich, dem König von Marokko die ganze Sache auseinanderzusetzen. Leider kann es dadurch zu äußerst unerwünschten Verspätungen kommen. Ich habe es daher für das Beste gehalten, mich direkt an Oberst El Hadj zu wenden, der mir auch sofort die Genehmigung erteilt hat, mich an Ort und Stelle zu begeben und den Satelliten einstweilen zu beschlagnahmen. Hauptmann Mostefaï hat sich freundlicherweise bereit erklärt, mich zu begleiten und sämtlichen Personen, die wir hier antreffen, freies Geleit bis zur Grenze zuzusichern. Das wäre alles."

Nach dieser langen Rede schnaufte der Kommissar wie ein erschöpfter Walfisch.

„Genauso verhält es sich", bestätigte Hauptmann Mostefaï und strich sich über seinen hübschen, schwarzen Schnurrbart.

Spöttisch lächelnd betrachtete Olivier die beiden Besucher.

„Schon möglich, daß sich das alles genauso verhält", sagte er und grinste. „Trotzdem dürfte das alles wohl nicht ganz in Ordnung sein. Hauptmann Mostefaï hat sich in den Dienst von Oberst El Hadj gestellt, was zweifellos sehr lobenswert ist. Der Kommissar versucht im trüben zu fischen. Ich kann ihm daraus keinen Vorwurf machen, denn schließlich ist das sein Beruf . . ."

„Was erlauben Sie sich!" keuchte der Kommissar entrüstet.

„Doch soweit ich unterrichtet bin", fuhr Onkelchen Olivier unbeirrt fort, „untersteht der gesamte Süden dem ausschließlichen Befehl von Si Ali Mansour. Oder sollte ich mich da irren, lieber Hauptmann?"

Der Hauptmann nickte.

„Si Ali Mansour Benlamache, der Bruder des berühmtesten Historikers der Sahara, verwaltet tatsächlich den gesamten Süden."

„Dann bemühen Sie sich doch freundlicherweise, einen kurzen Blick auf dieses von eben demselben Benlamache Mansour Ali Si unterzeichnete Stück Papier zu werfen. Er war so freundlich, es uns aushändigen zu lassen, während wir nur kurz von einem Düsenflugzeug in einen Hubschrauber umgestiegen sind."

Umständlich kramte Onkelchen Olivier in seiner Revolvertasche.

„Ah, da ist er ja, der strikte Befehl von Ihrem Herrn Chef. Bitte, lesen Sie selbst."

Der Hauptmann entfaltete das Stück Papier, das ihm Onkelchen Olivier gereicht hatte. Auch der Kommissar begann interessiert zu lesen.

„Wir, der Unterzeichnete, Si Ali Mansour Benlamache, ermächtigen hiermit die Internationale Organisation für Industriedokumente auf marokkanischem Boden sämtliche mit der Landung eines unbekannten, künstlichen Himmelskörpers zu-

sammenhängende Nachforschungen durchzuführen und gegebenenfalls jene Teile des besagten Himmelskörpers an sich zu nehmen, die für die genannte Organisation von Interesse sein könnten."

Einen Moment lang verschlug es Kommissar Didier die Sprache. Dann platzte er los.

„Hauptmann, Sie dürfen diesem Papier keinerlei Bedeutung beimessen! Schon in wenigen Stunden wird Benlamache von seiner Regierung genau entgegengesetzt lautende Anweisungen erhalten. Er wird gezwungen sein, diesen Erlaß zu widerrufen."

Mit einem leichten Kopfnicken reichte der Hauptmann das Papier an Olivier zurück.

„Bedaure, Herr Kommissar, das ist leicht möglich, doch leider kann ich darüber jetzt noch nicht entscheiden. Ich werde Oberst El Hadj von der Existenz dieses Dokuments in Kenntnis setzen. Er wird seinerseits nicht versäumen, General Brahami davon zu unterrichten, der sich zweifellos an Si Ali persönlich wenden wird. Doch einstweilen kann ich nichts weiter unternehmen, als Sie zur Grenze zurückzubegleiten."

„Hauptmann! Wenn Sie das tun, handeln Sie höchst unvorsichtig! Sie haben von Oberst El Hadj ganz präzise Anweisungen. Es ist Ihre Pflicht, sich auch daran zu halten!" donnerte der Kommissar. Onkelchen Oliviers großer Mund verzog sich zu einem breiten Grinsen.

„Hören Sie zu, Dickerchen", meinte er zum Kommissar. „Weil die Herren mit ihren Maschinengewehren so nett auf Sie aufgepaßt haben, habe ich mich bemüht, so höflich wie möglich zu Ihnen zu sein. Dazu habe ich jetzt aber absolut keinen Grund mehr. Ich kann Ihnen daher nur einen gutgemeinten Rat geben: Machen Sie sich, so schnell Sie können, aus dem Staub. Sonst werde ich Si Ali Mansour Benlamache nämlich einen hübschen Bericht erstatten und ihm mitteilen, daß sich offizielle Abgesandte der französischen Regierung die Unstimmigkeiten zwischen Marokkanern und Algeriern zunutze gemacht haben, um an der Grenze herumzuschnüffeln!"

Diese Drohung verfehlte ihre Wirkung auf Hauptmann Mostefaï nicht.

„Kommen Sie, Kommissar! Oberst El Hadj wird Sie bestimmt in ein oder zwei Tagen zu einer kurzen Unterredung empfangen, und dann ..."

„In ein oder zwei Tagen! Bis dahin wird die Organisation, deren Mitglied zu sein sich dieser Mensch da rühmt, den Vostok in kleine Teilchen zerlegt und weggeschafft haben!"

Der Hauptmann zuckte mit den Achseln.

„Das, Herr Kommissar, geht mich nichts an."

Er steckte zwei Finger in den Mund und pfiff schrill.

Die Männer tauchten hinter ihren Steinen auf und rannten zurück zu den Jeeps.

Onkelchen Olivier verbeugte sich hämisch grinsend vor dem Kommissar.

„Auf ein gesundes Wiedersehen, Kommissar. Leben Sie wohl, Hauptmann. Vergessen Sie nicht, den Herrn Oberst von mir zu grüßen."

Der Kommissar schnaubte wie ein Walroß. Er wollte sich gerade zum Gehen wenden, als Nikky auf ihn zurannte.

„Monsieur, Monsieur!" rief sie ganz außer Atem. „Einen Moment noch!"

Onkelchen Olivier drehte sich um. Seine Miene verhieß nichts Gutes.

„Herr Hauptmann", begann sie, ohne dem großen Zivilisten auch nur die geringste Beachtung zu schenken, „befreien Sie mich! Diese Leute hier halten mich gefangen. Sie zwingen mich für sie zu arbeiten. Ich will nicht hierbleiben. Ich möchte nach Hause. Weg von diesen Verbrechern!"

Etwas unentschlossen wandte sich Hauptmann Mostefaï an Olivier.

„Mit welchem Recht halten Sie dieses junge Mädchen gefangen?"

Olivier starrte ihn mit seinen wäßrigen, ausdruckslosen Augen an.

„Mit dem Recht des Stärkeren, lieber Hauptmann. Oh, ich weiß! Sie haben Ihre Maschinengewehre. Ich nicht. Sollten Sie aber versuchen, das junge Mädchen mit sich zu nehmen, dann muß ich Ihnen zu meinem größten Bedauern zwei Pistolenkugeln durch Ihren schönen Körper jagen. Hinterher könnten wir uns dann weiter unterhalten. Ihre Männer würden die Schlacht zwar gewinnen, aber was hätten Sie dann noch davon?“

Ratlos sah der Hauptmann um sich. Nun schaltete sich wieder Kommissar Didier ein.

„Was soll das heißen, Mademoiselle? Wer sind Sie überhaupt? Ich —“, er machte eine leichte Verbeugung in Nikkys Richtung, „bin Kommissar Didier von der französischen Spionage-Abwehr und durchaus berechtigt, Ihre Klage wegen Freiheitsberaubung entgegenzunehmen.“

Zweifelnd musterte Nikky den Kommissar. Sagte er die Wahrheit? Unsicher schielte sie zu Olivier hinüber, der mit spöttischem Gesichtsausdruck die Szene verfolgte. Immer noch hielt er eine Hand in der Hosentasche.

Kein Zweifel, wenn es sein mußte, würde er sogar durch den Stoff schießen.

„Herr Kommissar“, rief sie verzweifelt und setzte alles auf eine Karte. „Ich bin Veronique Chevrot, die Assistentin von Professor Estienne vom Astronomischen Institut. Diese Männer haben mich gestern abend von zu Hause entführt. Sie drohten mir, mich umzubringen, wenn ich nicht bei ihnen bleibe. Bitte retten Sie mich.“

Betroffen blickte sie der Kommissar an.

„Nur ein einziger Schritt zu dem Mädchen, Kommissar“, verkündete Olivier drohend, „und ich schieße Sie über den Haufen. Was Ihnen die junge Dame erzählt hat, stimmt haargenau. Ich habe sie entführt, ich halte sie gefangen und zwinge sie, für mich zu arbeiten. Und stellen Sie sich vor, ich habe sogar die Absicht, das auch weiterhin zu tun.“

„Sie Unmensch!“ Der Kommissar zitterte vor Wut. „Im Augenblick sind Sie der Stärkere. Doch hüten Sie sich vor dem

Moment, da ich es wieder sein werde. Industriespionage erschwert durch Menschenraub ..."

„Haha!" lachte Olivier.

„Wie bitte?"

„Ich sagte: Haha!"

„Bitte, Herr Kommissar, nehmen Sie mich doch mit", flehte ihn Nikky an.

„Rühren Sie das Mädchen nicht an, Herr Kommissar, oder ich mache Ernst und durchlöchere Sie", warnte Olivier.

„Sie sehen selbst, Mademoiselle, mir sind die Hände gebunden", erklärte der Kommissar entschuldigend, „aber ich werde Hilfe holen. Die marokkanische Regierung hat bestimmt Ver-

„... oder ich durchlöchere Sie!"

ständnis für diese außergewöhnliche Situation. Ich bin überzeugt, daß sie sich bereit erklären wird, mit uns zusammenzuarbeiten. Verlassen Sie sich auf mich. Ich werde alles tun ..."

Nikkys Augen wurden hart.

„Langsam beginne ich daran zu zweifeln", schrie sie enttäuscht. „Sie können gegen den BIDI genausowenig ausrichten wie ich. Aber tun Sie mir wenigstens den Gefallen und rufen Sie meine Mutter an. Sagen Sie ihr, daß ich gesund bin und bald nach Hause kommen werde ... vielleicht ..."

„Gehen wir, Kommissar", Hauptmann Mostefaï wedelte ungeduldig mit der Hand. „Es tut mir unendlich leid, Mademoiselle, daß ich Ihnen nicht sofort den notwendigen Schutz anbieten kann. Aber sorgen Sie sich bitte nicht. In spätestens einer Woche wird Si Ali Mansour Benlamache seine Entscheidung getroffen haben. Dann werden wir Sie befreien können."

Hierauf entfernten sich die beiden Männer. Onkelchen Olivier bog sich vor Lachen.

„Brav, meine Kleine, langsam scheinst du zu kapieren, daß du gegen den BIDI machtlos bist, ha? Eigentlich verdienen Sie ja eine gehörige Tracht Prügel. Doch ich glaube nicht, daß Sie noch einmal Gelegenheit haben werden, uns zu verpfeifen ..."

Aber Nikky hatte ihm gar nicht zugehört. Plötzlich lief sie wie eine Wilde hinter den beiden Männern her.

„Einen Moment, warten Sie. Ich habe noch eine Frage."

Hauptmann und Kommissar blieben stehen, ohne sich umzudrehen. Sie schämten sich, das junge Mädchen in den Händen der Banditen zurücklassen zu müssen.

„Sagen Sie, Herr Hauptmann, um wieviel Uhr sind die Truppen hier vorbeigekommen, nachdem sie die algerische Grenze überschritten hatten?"

Der Hauptmann sah sie überrascht an. Dann überlegte er einen Moment, bevor er antwortete.

„Gegen elf Uhr dreißig, würde ich sagen, Mademoiselle."

„War der russische Satellit da schon gelandet?"

„Wir sind ein paar Kilometer weiter nördlich vorbeigezogen, Mademoiselle. Da konnten wir ihn nicht sehen."

„Jetzt verstehe ich überhaupt nichts mehr", ratlos schlug Nikky die Hände zusammen.

„Was verstehen Sie nicht?" erkundigte sich der Hauptmann.

„Ach nichts!" wehrte sie ab.

Dann ging sie mit gesenktem Kopf langsam zum Zelt zurück, argwöhnisch verfolgt von Oliviers Blicken.

Lennet, der die ganze Zeit über an den Funkwagen gelehnt gestanden hatte, war kein Wort entgangen. Einmal hätte er sich um ein Haar auf Olivier gestürzt. Er hatte einen günstigen Moment abgewartet. Doch war der junge SNIF-Agent Gott sei Dank vorsichtig genug gewesen, vorher um sich zu schauen. Zwischen den beiden Hubschraubern hatte er Hucs massige Gestalt entdeckt, mit einer Maschinenpistole in der Hand... Der BIDI überließ nichts dem Zufall.

Kriegsrat

Gegen fünf Uhr hielten die BIDI-Leute erneut Kriegsrat im Zelt.

Madame Schasch hatte sich ausgeruht. Sie war frisch gepudert und geschminkt. Herausfordernd sah sie ihre Untertanen an.

„Also?" fragte sie spitz. „Ist jemandem von euch eingefallen, wie wir den Vostok 18 aufkriegen?"

Sämtliche Fachleute und Piloten senkten den Blick. Es wurde mäuschenstill im Zelt. Endlich brach die Stimme des Metallfachmannes das Schweigen.

„Mit Hilfe von Diamantbohrern wäre es selbstverständlich möglich, Löcher in die Kapsel zu bohren. Doch wie sollen wir das notwendige Material hierherschaffen?"

„Auch Laserstrahlen können Löcher bohren", warf Lennet ein. „Aber wie kriegen wir einen Laser in die Wüste?"

Kühl betrachtete Madame Schasch die Männer, die so ratlos vor ihr standen.

„Seit ich Chefin des BIDI bin, habe ich noch nie eine solche totale Ratlosigkeit gesehen“, erklärte sie.

„Wir haben auch noch nie mit einem Raumschiff zu tun gehabt“, warf Onkelchen Olivier ein.

„Halten Sie den Mund, Olivier. Der einzige vernünftige Vorschlag, den ich vernommen habe, ist der mit den Diamantbohrern. Wir könnten uns natürlich einen herbringen lassen, aber das erfordert Zeit, und gerade die wird uns langsam ziemlich knapp! Die französische Regierung hat uns bereits einen Kommissar von der Spionage-Abwehr auf den Hals gehetzt. Weitere Schritte werden nicht lange auf sich warten lassen. Noch ein paar Stunden, und dieses Fleckchen Wüste wird für uns ein ziemlich heißer Boden werden.“

„Und was sollen wir tun? Aufgeben?“ fragte der Engländer mit einem verächtlichen Unterton.

„Sie scheinen mich schlecht zu kennen, Doktor“, erwiderte Madame Schasch. „Bedenken Sie, daß es immer zwei Wege gibt, die einander zwar hundertprozentig widersprechen, aber trotzdem ans selbe Ziel führen. Da ich den Landepunkt des Satelliten nicht verlegen konnte, habe ich die Grenze verlegt. Ich kann die Diamantbohrer nicht herkommen lassen, also muß ich den Satelliten zu den Diamantbohrern schaffen.“

„Den Vostok?“ rief der deutsche Wissenschaftler fassungslos. „Wie stellen Sie sich das vor, bei dem Gewicht?“

„Eine Tonne, höchstens zwei. Mademoiselle Chevrot kann es Ihnen genau sagen. Auf jeden Fall ein lächerliches Gewicht für unsere modernen Lastwagen.“

„Und wie wollen Sie Ihren Vostok auf einen Lastwagen laden?“ erkundigte sich der Italiener.

„Ganz einfach“, schaltete sich Lennet ein. „Da er rund ist, wird er hinaufgerollt.“

„Genau das gedenke ich zu tun, oder zumindest beinahe das!“ Madame Schasch nickte. „Ich werde natürlich keinen Lastwagen, sondern einen Tieflader herbeordern. Wir werden den Satelliten hinten hinaufrollen und mit Stahlbändern festbinden.“

„Kurzum", ließ sich Olivier hören. „Wir spielen abwechslungshalber einmal Transportunternehmen."

„Erfaßt. Hat jemand etwas dagegen einzuwenden?"

Niemand meldete sich. Nun wandte sich die Chefin des BIDI an die Schweizer Funker.

„Setzen Sie sich mit unserer Funkstation in Marokko in Verbindung. An die Arbeit! Ich will meinen Tieflader noch vor Einbruch der Dunkelheit an Ort und Stelle haben. Die Sitzung ist beendet."

Jeder ging an seine Arbeit. Lennet fühlte, daß jetzt der Moment da war, etwas Entscheidendes zu unternehmen. Er entfernte sich ein paar Schritte von den Zelten.

An eine Flucht zu Fuß war selbstverständlich nicht zu denken. Eine Wüste ist wie ein Gefängnis ohne Mauern. Hier gab es kein Entrinnen. Trotzdem mußte er sich etwas Brauchbares einfallen lassen, denn die Lage wurde langsam brenzlig.

„Gehen wir das Ganze noch einmal durch", murmelte er vor sich hin. „Meine ursprüngliche Aufgabe war ziemlich einfach: mich in den BIDI einschleusen lassen, Bericht erstatten, weitere Befehle abwarten. Der Haken ist nur der, seit ich dem BIDI angehöre, das ist nun immerhin seit 24 Stunden, ist es mir völlig unmöglich gewesen, mich mit meinen Chefs in Verbindung zu setzen. Ich muß meine Entscheidungen also allein treffen und meine Mission dahingehend erweitern, daß ich dem BIDI inzwischen möglichst viele Schwierigkeiten aufhalse. Und welche Rolle spielt der vielgerühmte Vostok in der ganzen Angelegenheit?"

Die große, schwarze Kugel ruhte noch immer auf ihrem Steinbett fünfzig Meter vom Lager entfernt. Der Kosmonaut in ihrem Inneren wartete darauf, den Abgesandten seiner Regierung seinen Ausstieg zu öffnen.

Die Sonne neigte sich zum Horizont. Es wurde kühler. Immer länger werdende Schatten kündeten den nahen Abend an.

Lennet sah auf seine Armbanduhr. „Halb sechs ..."

Es blieben ihm nur noch wenige Stunden Zeit, einen Ausweg aus dieser verfahrenen Lage zu finden.

„Ich habe zwar schon ein paar unbestimmte Vorstellungen, aber die sind alle noch ziemlich unausgegoren. Auf alle Fälle war an der ganzen Geschichte schon von Anfang an etwas faul. Das hat auch Nikky schon bemerkt. Warum war der Satellit früher als berechnet gelandet?"

Die Sonne hatte ein dunkelrotes Leuchten am Horizont hinterlassen.

Nikky trat aus dem Zelt. Machte einige unentschlossene Schritte nach rechts und links. Ging zu dem Satelliten hinüber. Nachdenklich lief sie einmal herum. Dann betastete sie ihn prüfend.

Lennets Entschluß stand fest.

Mit schnellen Schritten näherte er sich Nikky.

Sie wandte ihm den Rücken zu und betrachtete gedankenversunken den dunkelroten Horizont. Lennet blieb stehen. Nikky schien ihn nicht zu bemerken.

„Nikky", sprach er sie an. „Drehen Sie sich um und sehen Sie mir in die Augen."

„Wozu?"

„Weil ich mit Ihnen sprechen muß und nicht gewöhnt bin, mit Leuten zu reden, die mir den Rücken zudrehen."

Langsam wandte sie sich um. Ihre Augen blitzten.

„Was haben wir uns schon zu sagen?"

„Wir müssen gemeinsam darüber nachdenken, wie wir den BIDI zerstören und uns in Sicherheit bringen können. Ich will ganz offen zu Ihnen sein ..."

„Das wäre eine nette Abwechslung!" versetzte sie bitter.

Lennet tat als hätte er den beißenden Spott in ihrer Stimme nicht bemerkt. Ernst fuhr er fort.

„Ich bin nicht Jean-Jacques Lissou, der Neuling beim BIDI, sondern Leutnant Lennet vom Nationalen Geheimdienst und habe hier eine bestimmte Mission zu erfüllen."

Nikky lächelte ungläubig.

„Sie glauben doch nicht ernstlich, daß ich Ihnen diese sterbenslangweilige Geschichte abkaufe?"

„Doch, das glaube ich. Ich werde Ihnen die ganze sterbenslangweilige Geschichte von Anfang an erzählen. Vielleicht stimmt sie in verschiedenen Punkten mit Ihren Beobachtungen überein."

In wenigen Worten schilderte er ihr den Grund seines Hierseins. Nikky fühlte sich so einsam und verlassen, daß sie sich nichts mehr wünschte, als dem netten jungen Mann glauben zu können. Trotzdem kämpfte sie tapfer weiter, als Lennet geendet hatte.

„So, und nun werde ich Ihnen erzählen, was ich glaube. Der BIDI hat noch nicht alles von mir erfahren, was er gerne wissen möchte. Und Sie werden dafür bezahlt, daß Sie versuchen, mir Vertrauen einzuflößen. Geben Sie doch zu, daß Sie mir nur deshalb am ersten Abend die ganze Komödie vorgespielt haben!"

Lennet seufzte. Das Mißtrauen, mit dem ihm das junge Mädchen begegnete, verletzte ihn tief.

„Kommen Sie, setzen wir uns", forderte er sie auf. Beim SNIF hatte er gelernt, daß körperliche Entspannung seelische Entspannung fördert.

Sie setzten sich nebeneinander, die Gesichter der endgültig untergehenden Sonne zugewandt. Das dunkle Rot wurde langsam von einem ganz eigenartigen Grün verdrängt. Es war empfindlich kühl geworden. Immer noch drang von ferne der Klang von Schüssen herüber.

„Es tut mir sehr weh, Nikky, daß Sie mir einfach nicht glauben wollen. Leider habe ich im Moment nichts, um zu beweisen, daß ich die Wahrheit sage. Versuchen Sie trotzdem mir zu folgen. Also, angenommen, Sie hätten recht: Ich bin ein vom BIDI bezahlter Spitzel. Sie haben mich durchschaut und ziehen sich in Ihr Schneckenhaus zurück. Was glauben Sie, was passiert, wenn der Tieflader um neun Uhr eintrifft, der Vostok darauf verladen wird, und der BIDI Ihre Dienste nicht mehr benötigt? Nicht, daß ich Ihnen Angst machen möchte, Nikky, aber Sie müssen den Dingen endlich ins Auge sehen. Solange die Polizei nichts von Ihrer Entführung wußte, lag es vielleicht sogar im Interesse des BIDI, Sie aus diesem oder jenem Grund am Leben zu lassen. Aber jetzt? Ihre Aussichten sind bescheiden, Nikky, sehr bescheiden."

Ein Zittern durchlief Nikkys Körper. Fröstelnd umschlang sie ihre Knie.

Sie antwortete nichts.

„Nun aber angenommen, Sie vertrauen mir", fuhr Lennet fort. „Wenn ich wirklich ein Spitzel bin, dann ändert das nichts an Ihrer Lage. Sie können nichts verlieren, weil Sie nichts mehr zu verlieren haben. Wenn ich aber nun der bin, der ich zu sein behaupte, dann sind die Aussichten sowohl für Sie als auch für mich doppelt so günstig. Ihnen als Mathematikerin müßte das doch einleuchten."

Mit kaum hörbarer Stimme stammelte Nikky: „Ich bin so allein, ich bin es einfach nicht gewöhnt, so allein zu sein..."

Lennets „Rechnung" hatte sie zwar nicht überzeugen können, aber ihr Bedürfnis nach einem Gefährten war stärker als ihre Angst. Als Lennet das begriffen hatte, sprach er leise weiter.

„Sie werden gleich sehen, daß ich vorläufig auch noch gar nichts Großes von Ihnen verlange. Ich habe nur eine Frage. Seit heute morgen weiß ich, daß Sie sich bei der Berechnung der Landezeit des Satelliten nicht geirrt hatten. Sie konnten sich gar nicht geirrt haben, das weiß ich genau. Ich begreife nur nicht, warum?"

Zum ersten Male seit vierundzwanzig Stunden trat ein spöttisches und gar nicht bitteres Lächeln auf Nikkys Lippen.

„Ha! Sie waren im Gymnasium in Mathe bestimmt keine Leuchte! Vor allem nicht in Kosmographie."

„Woher wollen Sie das wissen?"

„Das ist doch sonnenklar! Die Erde dreht sich, ja? Wenn ich mich wirklich in der Zeit geirrt hätte, dann hätte ich mich doch auch im genauen Landepunkt irren müssen... Wenn der Vostok wirklich früher gelandet wäre, als ich berechnet hatte, dann wäre er doch in den Atlantik gefallen!"

„Ich habe doch gleich gewußt, daß die Sache einen Haken hat. Trotzdem begreife ich immer noch nicht ganz..."

„Wirklich nicht, Herr Leutnant vom Geheimdienst?"

„Nein, Fräulein Astronomin."

„Dabei ist es so einfach. Nach meinen Berechnungen mußte der Vostok genau dort landen, wo er sich jetzt befindet, aber ganze zwei Stunden früher. Ich habe Madame Schasch um zwei Stunden belogen."

„Aber aus welchem Grund?"

„Ich nehme an, daß Sie als Leutnant das als ‚Vaterlandsliebe' bezeichnen würden. Verstehen Sie? Ich war überzeugt, daß man überall in Frankreich, vor allem in unserem Institut, die gleichen Berechnungen anstellte wie ich. Ich begreife auch gar nicht, warum mich Professor Estienne nicht wirklich rufen ließ. Wahrscheinlich dürfte einer meiner Kollegen die Sache übernommen haben. Fest steht jedenfalls, daß auch Frankreich sein möglichstes tun wird, den Vostok mit Beschlag zu belegen. Sei es, um ihn Rußland zurückzugeben, sei es, um ihn von französischen Wissenschaftlern untersuchen zu lassen ..."

„Aha, und Sie wollten Frankreich einen guten Vorsprung verschaffen?"

„Ja", hauchte Nikky und senkte betreten den Kopf.

Lennet, der sie bisher eher für feige gehalten hatte, bewunderte sie nun um so aufrichtiger. Als er diesmal ihre Hand ergriff, entzog sie sie ihm nicht mehr.

„Das war sehr gut, was Sie da gemacht haben, Nikky. Doch leider scheint der französische Staat seinen Vorsprung nicht ausgenutzt zu haben."

„Ja, und darüber wundere ich mich sehr. Es waren zwar nicht ganze zwei Stunden Vorsprung, sondern bestenfalls eine, da ja die marokkanischen Truppen das Gebiet gegen halb zwölf besetzt haben."

„Es ist aber doch immerhin eigenartig, daß Frankreich bei einer ganzen Stunde Vorsprung und mit Truppeneinheiten, die ja in Colomb-Béchar beinahe an Ort und Stelle waren, nicht schneller war als der BIDI, der erst von Paris anreisen mußte."

„Sehen Sie, das ist es, was auch ich nicht begreife", ergänzte Nikky.

Vorsichtig löste Lennet seine Hand aus der ihren.

„Danke, daß Sie mir geglaubt haben", sagte er und erhob sich.

Sie glaubte die Entschlossenheit und die Kraft zu spüren, die nun von ihm ausging.

„Wissen Sie schon, was Sie tun werden?"

Schlank und blond stand er vor ihr, eine helle, große Gestalt vor einem unendlichen, dunklen Hintergrund.

Er flüsterte fast, als er antwortete: „Ich glaube, ich habe begriffen. Wenn ich mich irre, sind wir verloren. Wenn nicht, dann bleibt uns noch ein letzter Funken Hoffnung ... Sie müssen mir dabei helfen."

Ein letzter, dunkelroter Lichtstrahl verglühte auf den Plexiglaskanzeln der beiden Hubschrauber ... Mit einem Schlag war es dunkel.

Ein schriller Schrei zerriß die Stille, die über der Wüste gelastet hatte. Es war der Schrei einer Frau. Ihm folgten fürchterliche Flüche. Eines der beiden Zelte war über Onkelchen Olivier zusammengebrochen. Und schuld daran war Nikky, die mit dem Fuß an einer Zeltstange hängengeblieben war. Niemand hatte bemerkt, wie Lennet kurz vorher zwei andere Zeltstangen aus dem Boden gerissen und nur ganz locker hingestellt hatte. Schreiend und schimpfend versuchten sich Nikky und Olivier zu befreien. Doch je mehr sie um sich schlugen, desto fester verwickelten sie sich in dem Zeltstoff (vor allem Nikky schien nicht besonders viel daran zu liegen, möglichst rasch wieder herauszukommen). Inzwischen waren sämtliche BIDI-Leute herbeigestürzt, standen herum, gaben gute Ratschläge, zogen hier und zogen da, stolperten über die Pflöcke und trugen eigentlich nur dazu bei, noch mehr Verwirrung zu stiften.

Lautlos wie ein Schatten huschte Lennet zum Funkwagen hinüber.

Die einzelnen Räume des Wagens waren schalldicht. Die Chefin des BIDI, die sich nebenan im Wohnraum aufhielt, würde also nicht hören, was sich im Funk- und Fernsehraum abspielte. Von den Funkern hatte sicher nur einer durchgehend Dienst: Die anderen — so hoffte Lennet — waren drüben beim Zelt beschäftigt. Und ein einziger Funker konnte dem in allen Kampfsportarten geübten Geheimagenten nichts anhaben.

Lennet stieg die drei Metallstufen hinauf, drückte die Klinke der hinteren Tür herunter und schob sich in den Wagen.

Er hatte wohlweislich seine Jacke ausgezogen, um sich besser bewegen zu können. Jeder Muskel in seinem Körper wartete angespannt auf den Befehl des Gehirns. Wie immer bei drohender Gefahr erfüllte ihn ein Gefühl wagemutiger Fröhlichkeit.

Leise schloß er die Tür hinter sich ab und ließ den Schlüssel in seine Hosentasche gleiten. Dann wandte er sich dem einzigen Insassen der Funkkabine zu, der sich bei seinem Eintreten erhoben hatte – es war Huc.

Huc, der ehemalige Berufscatcher mit einem Gewicht von hundertzehn Kilo und hundertdreißig Zentimeter Brustumfang. Offensichtlich hatten die drei Schweizer Huc gebeten, sie vorübergehend zu vertreten.

Lennet war zwar nicht gerade feige, aber als er sich diesem Gegner gegenübersah, wich er doch einen Schritt zurück.

Hart auf hart

„Was willst denn du hier, ha?“ erkundigte sich Huc mit seiner hohen Stimme.

Lennets Augen flogen durch den Raum. Sie suchten krampfhaft nach irgendeiner Waffe. Aber sie fanden keine.

Huc hatte wahrscheinlich immer noch die Maschinenpistole irgendwo, die er schußbereit gehalten hatte, als Kommissar Didier und Hauptmann Mostefaï dem Lager ihren Besuch abgestattet hatten.

Sicher wäre es nicht schwer, Huc loszuwerden. Er brauchte ihn nur mit einem wichtigen Auftrag hinauszuschicken. Doch wozu? Nach wenigen Minuten würde er zurücksein und Lennet mitten in der Arbeit unterbrechen. Oder aber, wenn Lennet die Tür abschloß, dann würde er zweifellos Alarm schlagen.

„Ich komme auf ein Schwätzchen zu Ihnen", erklärte Lennet und lächelte. „Sagen Sie, Huc, was halten Sie von der Philosophie Kants? Sie wissen doch, von der Kritik der reinen Vernunft und so."

„Wovon?" fragte der Koloß verständnislos.

„Also mir scheint das alles ja schon ganz schön veraltet. Im Grunde genommen bin ich mehr für Bergson. Sie sind mir doch deshalb nicht böse, oder?"

„Wozu hast du dir den Schlüssel in die Hosentasche gesteckt?" fragte Huc ohne Umschweife. „Los, rück den Schlüssel raus und mach dich nicht über mich lustig."

Er tat einen Schritt in Lennets Richtung. Doch der junge Agent sah ihm ungerührt entgegen.

„Ich warne dich, Kerlchen, meine Hand sitzt ziemlich lokker", brummte Huc. „Von der Ohrfeige kannst du dich dann erst einmal vierzehn Tage im Krankenhaus erholen."

„Och, glauben Sie wirklich?" erwiderte Lennet. „Das wollen wir doch erst einmal sehen."

Doch im Grunde seines Herzens war Lennet gar nicht so zuversichtlich, wie er tat.

„Du willst dich doch wohl nicht mit mir anlegen, du Knirps?"

„Vielleicht doch."

„Hier, da hast du gleich einmal eine Kostprobe."

Peng! Wie aus dem Katapult geschossen flog Hucs rechte Faust vor.

Geschickt tauchte Lennet drunter durch und antwortete mit einem Fußtritt in Hucs Magengegend.

Lennets Beinmuskeln waren bestimmt nicht die schwächsten, aber gegen Hucs Bauchmuskeln konnten sie trotzdem nichts ausrichten. Der massige Catcher kicherte nur.

„Da mußt du noch viel mehr Suppe essen, Jungchen."

Blitzschnell sauste Lennets Faust gegen Hucs Kinn.

Krach! Aber Hucs Lächeln wurde nur noch breiter.

„Hast du vor, mich noch lange zu kitzeln, Bübchen?"

Lennet erkannte, daß er mit Boxen nicht weiterkam. Gut, dann würde er es eben mit der „sanften Gewalt" probieren. Seine Handkante landete auf Hucs Hals. Der Riese zog den Kopf zwischen die Schultern; gefährlich traten seine Halsmuskeln hervor. Wieder prallte Lennets Hand ab.

Nun glitt Huc einen Schritt nach vorn.

Wieder sauste seine Faust auf Lennet zu. Dieser Schlag hätte genügt, einen Ochsen ins Land der Träume zu befördern. Auch diesmal kam Lennet der Größenunterschied zu Hilfe. Er schlüpfte unter Hucs ausgestrecktem Arm durch und ging zum Gegenangriff über. Mit aller Kraft rammte sein vorgestreckter Kopf Hucs Magennerven ...

Das war einer der gefährlichsten Angriffe beim Nahkampf. Gut gezielt kann er sogar den Tod verursachen.

Mit aller Wucht warf sich Lennet auf den Gegner und bohrte ihm den Kopf knapp unter dem Brustbein in den Magen.

Im nächsten Moment hörte er schallendes Gelächter über sich. Dann wurde er zurückgeschleudert und flog krachend gegen die Tür.

Huc tat noch einen Schritt vorwärts.

Lennet ließ sich auf den Rücken fallen. Seine Beine sausten durch die Luft wie die Pleuelstangen einer Riesenmaschine. So hätte er jeden Gegner zur Strecke gebracht, nicht aber diesen.

„Genug radgefahren?" erkundigte sich Huc ungerührt. Er trat ganz nahe an Lennet heran, beugte sich mit ausgebreiteten Armen über ihn, wobei er nicht einmal versuchte, sein Gesicht zu schützen.

Lennet hätte ihm, so oft er nur wollte, aufs Kinn schlagen können. Doch wozu? Das hatte ja doch keinen Zweck. Er wußte, daß er verloren war, es sei denn, der letzte Angriff, den er noch parat hatte, gelang. Sein ganzes Judo – dessen Ziel es ja war, dem Gegner das Gleichgewicht zu nehmen – nutzte ihm nichts, denn Huc aus dem Gleichgewicht zu bringen, war ungefähr genauso leicht, wie die Pyramiden von Cheops umzustürzen. Allein Hucs Körpergewicht reichte schon aus, Lennet zu einem Lesezeichen plattzudrücken.

Er beugte sich tiefer und tiefer, sein Gesicht zu einer fürchterlichen Grimasse verzogen.

„So, Jungchen, jetzt hab ich dich!"

Seine Hände legten sich um Lennets Hals. Grunzend vor freudiger Erwartung kniete er auf dem Jungen.

Geschmeidig und flink schlossen sich Lennets Beine um Hucs Mitte. Im nächsten Augenblick bohrten sich seine Daumen in die Vertiefungen neben dem Schlüsselbein, um so den Blutkreislauf zum Gehirn zu unterbrechen.

Huc schüttelte sich, aber Lennets sehnige Beine umklammerten den Riesen wie eine eiserne Zange.

Huc richtete sich mit dem plötzlichen Ruck eines Gewichthebers auf, doch Lennet machte jede seiner Bewegungen mit. Er hatte sich festgesaugt wie ein Blutegel.

Nun versuchte Huc, ihn mit den Händen fortzustoßen. Doch diesmal war Lennet der Stärkere. Er umklammerte Hucs Brustkorb, so daß dieser die Arme nicht weit genug ausstrekken konnte.

Langsam begann sich Hucs Gesicht zu verfärben. Das Gehirn war schon nicht mehr ausreichend durchblutet. Seine Kräfte verließen ihn.

Er breitete die Arme aus und hämmerte Lennet in die Seiten. Noch eine Minute früher hätte jeder einzelne dieser Schläge Lennet zur Strecke gebracht. Doch Hucs Kraft und Zielsicherheit hatten nachgelassen. Seine Schläge wurden schwächer und schwächer.

Vermutlich dürfte ich ein paar gebrochene Rippen haben, sagte sich Lennet, aber anscheinend liege ich goldrichtig!

Seine Daumen bohrten sich noch immer in Hucs Schlüsselbeingruben. Um Hucs Schlägen besser standhalten zu können,

Schneider-Buch

Großes Schneider-Buch-Preisrätsel!
400 Bücher zu gewinnen!

Lieber Schneider-Buch-Leser!

Schicke mir diese Karte mit der richtigen Lösung und du nimmst an der nächsten monatlichen Verlosung teil. 400 Schneider-Bücher werden jeden Monat verlost! Es werden nur ausreichend frankierte Rätselkarten angenommen. Benachrichtigt werden nur die Gewinner. Der Rechtsweg ist ausgeschlossen. Die Beteiligung ist nicht an den Kauf eines Schneider-Buches gebunden. Du bekommst die Karten auch lose in deinem Buchgeschäft.

Viel Spaß und herzliche Grüße Dein Franz Schneider

PS.: Diese Rätselkarte ist nur gültig für die monatliche Verlosung von 400 Schneider-Büchern. Diese Rätselkarte ist **nicht** gültig für die Aktion „Ein Schneider-Buch für fünf Rätselkarten".

Postkarte

Franz Schneider
von den Schneider-Büchern

8000 München 100

Postkarten-Porto

Schneider-Buch-Preisrätsel

400 Bücher zu gewinnen!

Hier abtrennen

275/Als Geschmacksmuster geschützt.

Name: ______________________________

Straße: ______________________________

Postleitzahl: __________ Ort: ______________________

Achtung:
Absender nicht vergessen!
Nur mit Schreibmaschine oder mit Kugelschreiber in Blockbuchstaben ausfüllen!

Ich bin ________ Jahre alt.
Ich bin ☐ ein Junge
Ich bin ☐ ein Mädchen

Welcher Titel gehört zu dem hier abgebildeten Titelbild?

Den richtigen Titel bitte ankreuzen.

☐ H. G. Francisco
Commander Perkins. Der rote Nebel

☐ Jo Pestum
Der Schrei im Schilf

☐ Matthias Martin
Jan und Jens. Signale aus der Finsternis

☐ Leutnant X
Geheimagent Lennet auf der Insel des Schweigens

hatte er seinen Brustkorb so kräftig wie möglich aufgeblasen und alle Muskeln angespannt. Lennet fühlte sich wie ein Bergsteiger auf diesem riesigen menschlichen Berg.

Auf einmal ließ sich der Catcher, in der Hoffnung, seinem Gegner die Wirbelsäule zu brechen, nach vorne fallen. Doch es war Hucs Pech, daß Lennet die Kunst des Fallens ganz ausgezeichnet beherrschte. Er ließ ein wenig Luft aus seiner Lunge, machte seine Beine frei und fing damit den ärgsten Ruck ab. Doch seine Daumen preßten sich mit unverminderter Kraft nur noch tiefer in die kleine Grube vor dem Schlüsselbein.

Langsam hörte Huc auf, um sich zu schlagen, reckte den Hals und begann, jämmerlich zu röcheln. Daran, daß er seinen Gegner mit seinem bloßen Gewicht niedermachen könnte, dachte er nicht mehr.

Auch Lennet hatte jetzt genug, er lockerte den Druck seiner Daumen und legte Hucs Halsschlagader mit einem gut gezielten Schlag mit der Handkante lahm.

Der Riese kippte vornüber.

Er war besiegt.

Sekundenlang verharrte Lennet regungslos und rang nach Luft. Sein ganzer Körper tat ihm weh, die Rippen, die Beine und Arme ...

Aber er hatte keine Zeit zu verlieren. Er schob Hucs schlaffen Körper, der auf ihm lastete, beiseite.

„Vor einer guten halben Stunde steht der bestimmt nicht wieder auf", murmelte Lennet. „Die Zeit in der Nahkampfschule des SNIF war anscheinend doch nicht verschwendet."

Leicht schwankend begab sich Lennet zum Schaltpult vor dem Bildschirm.

Wie lange mochte der ungleiche Kampf gedauert haben? Würde der Schweizer Funker bald zurückkehren? Würde sich Lennets höchst unwahrscheinlich anmutender Verdacht als richtig oder falsch erweisen?

Mit einer Hand ergriff er das Mikrofon. Mit der anderen

wischte er sich den Schweiß von der Stirn. Jedes einzelne Fingerglied tat ihm von Hucs hartem Kinn weh.

„Vostok 18, hören Sie mich?“

Sofort antwortete die Stimme des Kosmonauten in dem ihr eigenen, etwas zu schönen, Französisch: „Ich höre Sie sehr gut und frage mich nur, woher die eigenartigen Geräusche stammen, die ich schon die ganze Zeit höre.“

„Um das zu erfahren, brauchen Sie nur Ihre Fernsehverbindung einzuschalten, mein Bester. Moment, ich schalte auch ein.“

Im nächsten Moment hatte Lennet wieder das ernste Gesicht des russischen Kosmonauten auf dem Bildschirm. Auf dem Bildschirm des Satelliten erschien Lennets junges, vom Kampf gezeichnetes Gesicht.

„Wer sind Sie? Ich habe Sie doch schon gesehen“, fragte der Russe.

Lennet antwortete nicht.

Er richtete die Kamera auf Hucs Körper, der leblos in einer Ecke lag.

„Erkennen Sie den hier wieder?“

„Ja, wenn ich mich nicht irre, ist das die unverschämte Person, die sich für einen Bürger meines Landes ausgegeben hat.“

„Sehr richtig.“

„Wer hat ihn so zugerichtet?“

„Ich hatte das außerordentliche Vergnügen. Das waren die Geräusche, die Sie gehört haben. Und nun sehen Sie bitte einmal genau her!“

Lennet stand auf, humpelte zu einem Schrank mit der Aufschrift „Optische Instrumente“, nahm ein Mikroskop heraus und setzte sich wieder an das Schaltpult. Dann stellte er das Mikroskop auf eine Platte vor sich, band seine Armbanduhr ab und entfernte das Lederarmband. Auf der Rückseite der Uhr erschien ein kleiner Stempel. Für das freie Auge unsichtbar war ein durchsichtiger Film über die kleine Vertiefung des Stempels geklebt worden. Mit Hilfe einer Nadelspitze löste Lennet dieses Stückchen Film ab und legte es vorsichtig auf eine Glasplatte, die er in das Mikroskop einführte. Dann brachte er das Okular des Mikroskops so nahe wie möglich an das Objektiv der Kamera. Gebannt verfolgte er auf dem Bildschirm das Mienenspiel des Kosmonauten.

Schon bald wich die anfängliche Verblüffung auf dem Gesicht des Russen einem Ausdruck großer Erleichterung.

Denn was er jetzt auf dem Bildschirm vor sich sah, war nichts anderes als Lennets offizieller SNIF-Ausweis, auf einen Mikrofilm fotografiert und durch das Mikroskop stark vergrößert.

„Was?“ rief der Kosmonaut außer sich. „Du bist... Ich meine, Sie sind...“

„Na hör mal“, sagte Lennet und lachte, „wir können uns doch wohl duzen, da wir doch beide aus dem gleichen Stall kommen, oder zumindest beinahe...“

Genau in diesem Moment erhielt Kommissar Didier, dem gar nicht wohl zumute war, einen Telefonanruf vom Innenminister höchstpersönlich.

Der Kommissar stand in seinem weißgetünchten Büro in Colomb-Béchar, von wo er ununterbrochen telefoniert hatte, um die Befreiung von Mademoiselle Chevrot zu erwirken.

Der Innenminister saß in seinem getäfelten Büro am Place Beauvau. Vor ihm standen drei Sekretärinnen mit ehrerbietig gesenktem Kopf, während ihr Chef mit zitternder Hand den Hörer umklammerte und nicht gerade freundliche Worte hineinflüsterte

„Habe ich das äußerst fragliche Vergnügen, mit Kommissar Didier zu sprechen?“

„Ja, Herr Minister.“

„Dann, Didier, erklären Sie mir doch bitte die beklagenswerte Situation, in die Sie uns so unbedachterweise gebracht haben.“

„Herr Minister...“

„Schweigen Sie! Eine dämlichere Idee, wie Sie sie mit Ihrem werten Freund, dem Professor Marais vom Institut für Weltraumforschung ausgeheckt haben, ist mir noch nicht vorgekommen. Sie werden doch hoffentlich nicht abstreiten wollen, daß die Idee von Ihnen stammt?"

„Herr Minister ..."

„Ruhe! Ich weiß genau, was Sie sagen wollen. Ja, ich war so dumm, Ihre Idee gutzuheißen. Sie war immerhin bestechend, weil sie so ausgefallen war. Schließlich bin ich ein aufgeschlossener Minister, das weiß jeder ..."

Als sie das hörten, senkten die drei Sekretärinnen ihre Köpfe noch ein wenig tiefer. Der Minister nahm den Hörer in die andere Hand und fuhr fort:

„Die geheimen Abhörstationen haben angefangen, uns ernsthaft Sorgen zu bereiten. Wir wußten, daß sie von undurchsichtigen Unternehmen, Spionageringen und umstürzlerischen Gruppen eingerichtet worden sind. Dennoch ist es uns nicht gelungen, die wichtigsten dieser Abhörzentralen aufzuspüren. Da sind Sie mit Ihrem ziemlich ausgefallenen, aber dennoch reizvollen Plan gekommen: eine falsche Meldung auszustrahlen und abzuwarten, wer darauf reagiert. O ja! Ich leugne gar nicht, daß auch ich diesen Gedanken seinerzeit für recht vielversprechend hielt. Wir haben lange hin- und herüberlegt, welchen Inhalt die Falschmeldung haben sollte ... Und dann haben Sie gesagt — jawohl Sie, Didier —, daß das Institut für Raumforschung gerade an einem französischen Versuchssatelliten arbeite, der aller Wahrscheinlichkeit nach niemals gestartet werden würde, sondern sozusagen als Modell für weitere Forschungszwecke dienen solle. Darauf hat sich Professor Roche-Verger sofort dafür eingesetzt, daß dieser Satellit zu Ihrer Verfügung gestellt würde. So war es doch?"

„Ja, Herr Minister, aber ..."

„Schweigen Sie! Sie haben einen sehr günstig gelegenen Landepunkt ausgesucht. Nur ein paar Minuten von dem französischen Stützpunkt Colomb-Béchar entfernt, Sie haben den ‚Start' vornehmen lassen, mit den üblichen Pannen und Zwischenfällen, ebenso sämtliche erforderlichen Messungen usw. Fraglos eine ausgezeichnete Übung für unseren Nachwuchs am

Weltrauminstitut. Und dann haben Sie nach einem sorgfältig ausgearbeiteten Programm Funksprüche ausgestrahlt."

„Ja, Herr Minister, aber alles mit Ihrem Einverständnis."

„Sie sollen mich nicht unterbrechen, Didier! Sie haben den französischen Versuchssatelliten an den geplanten Landepunkt schaffen lassen und einen falschen, russischen Kosmonauten hineingesetzt. Dann haben Sie sich wie eine Katze vor dem Mauseloch auf die Lauer gelegt, bereit, über den Erstbesten herzufallen. O ja! Ihr Plan hat ausgezeichnet funktioniert. Aber eine vielversprechende, junge Mathematikerin ist entführt worden und wird ziemlich sicher umgebracht werden. Algerien und Marokko sind bereit, einander an die Kehle zu springen. Und der französische Versuchssatellit wird mit seiner gesamten Ausrüstung einem internationalen Spionagering in die Hände fallen. Wie ich soeben erfahre, ist zu allem Überfluß auch noch der berühmte Diodenlaser von Professor Steiner in dem Satelliten! Damit verliert die französische Wissenschaft ihr bestes Pferd im Stall. Und an all dem sind Sie schuld, Didier. Das werde ich Ihnen nie vergessen."

„Herr Minister ..."

„Was haben Sie zu Ihrer Verteidigung zu sagen, Didier?"

„Herr Minister, nur ein Wort. Wenn Sie es wünschen, bin ich natürlich bereit, mein Amt niederzulegen. Im Augenblick habe ich nur die eine Bitte, tun Sie Ihr Möglichstes, um dieses arme, junge Mädchen zu retten ..."

„Sie brauchen gar nicht so aufgeregt in den Hörer zu schnaufen, Didier. Sie wissen ganz genau, daß wir hier unser Möglichstes tun werden. Was das Unmögliche betrifft, so bin ich kein Prophet. Guten Abend!"

„Sag mal", wollte der falsche Kosmonaut wissen, „wer hat dich nun eigentlich geschickt? Meine Chefs oder deine?"

„Ich bin seit ein paar Stunden Mitglied des BIDI und kann mir eigentlich nicht vorstellen, daß deine und meine Mission irgend etwas miteinander zu tun haben. Dein Chef ist doch Kommissar Didier, oder?"

„Ja. Aber woher weißt du das?"

„Weil er vor kurzem hier war und anscheinend gerne dein ulkiges Raumschiff und dich zurückgeholt hätte. Er war nicht besonders erbaut davon, daß sich inzwischen marokkanische Truppen zwischen Hasen und Jäger gestellt haben."

„Zwischen Hasen und Jäger?"

„Verstehst du denn immer noch nicht, mein Bester? Du bist in der ganzen Geschichte nur der Köder. Der Hase, das heißt der Gejagte, ist der BIDI und der Jäger ist dein guter Kommissar Didier."

„Ihr werdet offensichtlich bestens informiert, ihr Leute vom SNIF."

„Ach, glaub nur das nicht! Wir werden nicht bestens unterrichtet, wir haben eben einen guten Riecher. Das ist ein großer Unterschied."

„Soll das etwa heißen, daß du das alles ganz allein entdeckt hast?"

„Jawohl, mein Guter. Und zwar, nachdem mich eine reizende Mathematikerin auf die richtige Spur gebracht hat. Ein ganz süßes Mädchen übrigens."

„Du mußt dich schon noch ein bißchen deutlicher ausdrükken."

„Gut, aber nur ganz kurz, denn langsam wird meine Lage hier brenzlig. Da waren ein paar Sachen, die ich mir nur so erklären konnte, daß dein Raumschiff ein falsches Raumschiff ist und du – entschuldige schon – ein falscher Kosmonaut. Warum hat sich das Institut von Professor Estienne nicht die Bohne um deinen Satelliten gekümmert?"

„Weil ihn der Spionage-Abwehr-Dienst von der ganzen Angelegenheit unterrichtet hatte."

„Warum waren die französischen Truppen von Colomb-Béchar nicht vor dem BIDI an Ort und Stelle, der immerhin durch die Anreise von Paris über zwei Stunden verloren hatte?"

„Weil sie sich in sicherer Entfernung auf die Lauer gelegt haben."

„Warum hast du nach deiner ‚Landung' keine Funksprüche mehr ausgestrahlt?"

„Weil die Russen dann wahrscheinlich gefunden hätten, daß das Spiel lange genug gedauert hat."

„Warum konnte man deine Kapsel anfassen, da sie doch nach ihrem Wiedereintritt in die Atmosphäre glühend heiß hätte sein müssen?"

„Weil sie die Atmosphäre gar nicht verlassen hatte."

„Warum ist das sowjetische Raumschiff so nahe von Colomb-Béchar gelandet?"

„Weil Frankreich dort eine Raketenabschußbasis besitzt."

„Warum hat sich ausgerechnet Kommissar Didier, einer der berühmtesten Experten für Gegenspionage, auf marokkanischen oder algerischen Boden begeben, um nach einem russischen Satelliten zu sehen?"

„Weil er der geistige Vater der ganzen Angelegenheit war."

„Und warum hatte man, wenn du Russisch sprachst, den Eindruck, daß du eine Platte ablaufen ließest?"

„Weil ich genau das getan habe."

„Na siehst du, mein Freund, das sind die logischen Schlußfolgerungen, die ich gezogen habe. Und wenn du kein sowjetischer Kosmonaut, sondern ein französischer Polizist von der Spionage-Abwehr warst, dann war der Rest auch nicht mehr schwer zu erraten."

„Respekt!"

„Man dankt! Aber nun müssen wir uns langsam etwas einfallen lassen, sonst sind wir in spätestens einer halben Stunde geliefert."

„Gut. Halte mich auf dem laufenden. Hier in meiner Kapsel sieht man nämlich nicht besonders viel. Ich habe zwar ein Periskop, aber ich traue mich nicht so recht, es zu benutzen. Wie viele Leute seid ihr denn?"

„Oh! Außer mir noch zwölf Mann und alle bewaffnet. Angreifen kommt überhaupt nicht in Frage. Aber ich glaube, ich habe eine viel bessere Idee. Stimmt es, daß du einen Diodenlaser an Bord hast?"

„Klar. Scheint eine großartige Sache zu sein, das Ding. Leider weiß ich nicht, wie man damit umgeht."

„Gut. Also hör zu ..."

Zwei Minuten später trommelten die drei Schweizer an die Tür des Funkwagens. Sie hatten Olivier und Nikky geholfen, sich zu befreien und das Zelt wieder aufzustellen. Lennet öffnete ihnen.

„Wozu haben Sie die Tür abgeschlossen?" erkundigte sich der erste Funker.

„Was machen denn Sie hier?" wollte der zweite wissen.

„Wo ist Huc, den wir gebeten hatten, uns zu vertreten?" schloß sich auch der dritte an.

Der gute Huc befand sich momentan unter dem Funkwagen. Der Wagen hatte glücklicherweise am Boden der Funkkabine eine Klappe, die bei einem eventuellen Unfall als Notausgang gedacht war. Lennet hatte diese Klappe geöffnet, und mit viel Mühe war es ihm gelungen, den leblosen Körper des ehemaligen Catchers hindurchzuzwängen.

„Huc ist sicher ein wenig angeln gegangen. Auf jeden Fall hat er mich gebeten, ihn fünf Minuten zu vertreten. Und die Tür habe ich aus Vorsicht abgeschlossen. Man kann ja nie wissen. So, meine Herren, wenn Sie jetzt wieder Ihren Dienst aufnehmen wollen. Schließlich habe ich auch zu tun."

Die drei Schweizer kletterten arglos in den Funkwagen, und Lennet entfernte sich in Richtung Satellit.

In seiner Hosentasche schlug ihm Hucs schwere Pistole gegen den rechten Oberschenkel. Unter seinem Oberhemd trug der junge Agent ein unendlich wertvolles Dokument: „Das Handbuch für richtiges Benehmen" des BIDI, das in seinem Anhang eine Liste sämtlicher Stützpunkte der Organisation in Marokko enthielt sowie den Reservezündschlüssel des Funkwagens.

Das Raumschiff befand sich etwas abseits des Lagers. Lennet fand Nikky daneben in den Schatten gekauert. Sie zitterte vor Kälte, denn die Nächte in der Sahara waren eisig: Sie zitterte aber auch vor Angst um Lennet und fragte sich, ob die Komödie mit dem Zelt wohl lange genug gedauert hatte, damit er sich inzwischen ungestört mit dem Satelliten in Verbindung setzen konnte.

„Nikky?“

„Lennet?“

„Alles in bester Ordnung.“

Es war stockdunkel. Die Laterne, die vor einem der beiden Zelte hing, reichte nicht bis hierher.

„Hoffentlich kommt er bald raus ...“, murmelte Lennet.

„Ist es so, wie Sie gedacht haben?“

„Ja. Er ist von der Spionage-Abwehr.“

In diesem Augenblick schien die Kugel ihre Form zu verändern. Sie wurde länger und länger: Eine Klappe öffnete sich.

In der Klappe erschien ein Helm.

„Da ist er!“

„Seid ihr da, Kameraden?“ fragte die Stimme des Kosmonauten jetzt in ganz normalem Französisch.

Lennet trat näher.

„Beeil dich.“

Der junge Mann sprang auf den Boden.

„Hach, ist das schön, sich endlich ein bißchen die Beine vertreten zu können.“

„Ist wohl nicht sehr bequem in deiner Kapsel?“ fragte Lennet neugierig.

„Die ersten sechs Stunden geht's ja, aber dann weiß man nicht mehr, wie man sitzen soll.“

„Los, erklär mir, wie das Ding funktioniert“, forderte ihn Lennet auf und streckte den Kopf in das Raumschiff.

„Ganz einfach. In der Mitte ist der Sitz, davor die Armaturen. Die Beleuchtung funktioniert automatisch.“

„Und das Schloß?“

„Elektronisch gesteuert. Du brauchst nur da draufzudrücken.“

„Wo ist das Periskop?“

„Das kleine Rad, links auf dem Armaturenbrett. Zum Einschalten mußt du es herausziehen und dann einstellen. Je mehr du ziehst, desto größer wird dein Gesichtsfeld."

„Die Funkanlage?"

„Vorne rechts. Eine ANGRC-9, das Beste, was es auf dem Gebiet gibt. Sie ist auf den Kanal von der Spionage-Abwehr eingestellt. Du brauchst den Schalter nur auf ‚ein' zu stellen. Ihr Rufzeichen ist August, deins ist Cäsar. Sie bleiben ständig am Draht."

„Gut. Und nun der Laser."

„Da kann ich dir nicht viel sagen, denn der ist mir ein Buch mit sieben Siegeln. Mir wäre lieber gewesen, wenn sie ihn herausgenommen hätten. Aber sie wollten den Satelliten unbedingt so lassen, wie er war. Er ist so eine Art Fernrohr mit Kanone oder so. Vorne dran ist ein Fenster mit Klappe. Das Schloß für die Klappe ist irgendwo da oben. Mehr weiß ich auch nicht. Glaubst du wirklich, daß du mit all dem fertig wirst?"

„Ich hoffe es für euch zwei! Hast du eine Waffe?"

„Nein. Ursprünglich sollte ich ja nicht aus meiner Kapsel herauskommen."

„Dann nimm die Pistole. Paß aber auf. Sie ist geladen. Versuch, ohne sie auszukommen. Es wäre besser, wenn wir die Kerle lebendig kriegen."

„Brauchst du sie denn nicht selber?"

„Nein. Ich bleibe ja in deinem Bunker. So, und hier ist noch der Zündschlüssel. Leb wohl, Nikky."

Nikky hielt Lennets Hand fest.

„Kann ich nicht bei Ihnen bleiben?"

„Nein, Nikky, wirklich nicht. Zwei Leute haben in dieser Kapsel unmöglich Platz. Verstehe auch nicht, wie man so etwas überhaupt bauen kann! Es lebe die Gemini-Kapsel! Nun aber an die Arbeit! Mit etwas Glück sehen wir uns ja bald wieder."

Geschmeidig wie ein Aal ließ sich Lennet in das Raumschiff gleiten. Sein Vorgänger schloß die Klappe. Als das Schloß einschnappte, ging das Licht an.

„Na, wunderbar“, murmelte Lennet vor sich hin. „Der Sitz ist ja herrlich bequem. Unser Freund hat recht gehabt mit seiner Klimaanlage. Hier ist es viel angenehmer als draußen.“

Abschuß mit Laserstrahlen

„Welche Richtung müssen wir?“ fragte der „Kosmonaut“.

„Hier lang“, sagte Nikky.

In einem weiten Bogen schlichen sie sich vorsichtig um das Lager.

Der Funkwagen stand genau in der Mitte des Lagers zwischen den beiden Helikoptern und gegenüber den Zelten.

Der junge Mann zögerte einen Augenblick.

„Was ist los? Worauf warten Sie?“ Nikkys Stimme klang ungeduldig.

Lennet, dachte sie bei sich, hätte bestimmt nicht gezögert.

Der „Kosmonaut“ nahm seinen Helm ab.

„Hilft ja alles nichts“, murmelte er leise vor sich hin, „was sein muß, muß sein ...“

Er entsicherte seine Waffe, und seine eher weichen Gesichtszüge nahmen einen entschlossenen Ausdruck an. Der Großteil der BIDI-Leute hatte sich in einem der Zelte versammelt und aß Abendbrot. Madame Schasch hatte den Wohnraum des Funkwagens noch nicht wieder verlassen. Sie schien ihn für sich mit Beschlag belegt zu haben. Die drei Schweizer unterhielten sich im Funk- und Fernsehraum.

Geduckt rannte der „Kosmonaut“ die fünfzig Meter zum Funkwagen hinüber. Dicht hinter ihm folgte Nikky. Er schlich sich an den Fahrersitz heran. Hoffentlich war die Wagentür nicht abgeschlossen!

Sie war abgeschlossen. Umsichtig wie die Schweizer waren, hatten sie sie nicht offen gelassen.

Lautlos huschte er vorn um den Wagen herum, wickelte sich ein Taschentuch um die Hand und stieß das rechte Wagenfenster mit dem Kolben seiner Waffe ein.

Zwei der Funker sprangen aus dem fahrenden Wagen

Klirrend fielen die Scherben nach innen auf den Sitz. Angstvoll sah der junge Mann um sich, ob jemand etwas gehört hatte.

„Schnell! Schnell!“ spornte ihn Nikky an.

Er steckte seine Hand durch das Loch in der Scheibe und drückte den Türgriff hinunter. Die Wagentür sprang auf.

Mit einem Satz war der „Kosmonaut“ im Führerhaus.

Über Handbremse und Ganghebel klettern, sich in den Fahrersitz werfen, die Zündung einschalten und starten war eins.

Nun kletterte auch Nikky hinterdrein.

Der junge Mann legte den ersten Gang ein. Ratternd setzte sich der Motor in Bewegung.

Als Nikky noch einmal den Kopf zum Wagenfenster hinausstreckte, fand sie sich Auge in Auge mit Madame Schasch. Der Lärm hatte die alte Dame aufgeschreckt, sie wollte sehen, was los war.

„He, Kleine! Was machen Sie denn da? Raus mit ihnen, aber sofort! Olivier! Huc! Hierher! Hierher, verflixt noch mal!"

Der „Kosmonaut" kuppelte und schaltete in den zweiten Gang. Langsam holperte der Wagen davon.

„Olivier! Huc!" schrie Madame Schasch mit überschnappender Stimme. „Wer sitzt denn da am Steuer? Nun reden Sie doch gefälligst, Sie kleines Biest! Wer sitzt da am Steuer?"

Nikky lächelte sie süß an.

„Der sowjetische Kosmonaut, Madame Schasch, er hat sich darum gerissen, Ihnen als Chauffeur zu dienen."

Langsam war Leben in die BIDI-Leute gekommen. Zwei

Funker sprangen, selbst auf die Gefahr hin, sich das Genick zu brechen, aus dem fahrenden Wagen. Der dritte zog es vor, in der Sicherheit seiner Funkkabine zu bleiben. Die anderen liefen aufgeregt durcheinanderschreiend aus dem Zelt. Als sie den Funkwagen langsam in der Nacht verschwinden sahen, blickten sie einander verständnislos an. Sie sahen noch Madame Schaschs Kopf an dem einen Fenster und den des dritten Funkers an dem anderen. Die beiden fuchtelten wütend und bestürzt zugleich mit ihren Armen in der Luft herum.

Dort, wo der Wagen gestanden hatte, lag ein dunkler Haufen auf dem Boden. Es war Huc, der um ein Haar von den Hinterrädern des Lastwagens überfahren worden wäre. Aber anscheinend war ihm nichts weiter passiert. Er schien sogar wieder aus seiner Bewußtlosigkeit zu erwachen.

„Wer sitzt denn da am Steuer?" schrie nun auch Onkelchen Olivier.

„Wahrscheinlich der kleine Lissou. Der ist mir schon vom ersten Moment an verdächtig erschienen", bemerkte der englische Arzt.

„Die Mathematikerin ist auch dabei", fügte der italienische Fachmann für Metalle hinzu.

„Die beiden trauen sich was", der deutsche Elektroniker pfiff bewundernd durch die Zähne.

Die beiden Piloten sahen einander fragend an.

„Wollen Sie oder soll ich?" fragte der sonst so schweigsame Kanadier.

„Am besten alle beide", schlug sein Kollege vor.

Der Kanadier nickte zustimmend.

Im nächsten Moment rannten sie, von ihren Funkern gefolgt, zu ihren Hubschraubern.

Kurz nacheinander heulten die beiden Rotoren auf. Schneller und schneller sausten sie schrill pfeifend durch die Luft. Rund herum erhob sich ein feiner Staubschleier.

In ein paar Minuten würden sie den Lastwagen eingeholt haben.

*

Nachdem seine Freunde gegangen waren, hatte sich Lennet mit dem Periskop beschäftigt. Da es ein Infrarot-Gerät war, konnte er trotz der stockfinsteren Nacht ziemlich genau erkennen, was um ihn herum vorging. Er hatte zwar nicht gesehen, wie sich Nikky und der junge Mann an den Funkwagen herangemacht hatten, aber er sah jetzt, wie sich der Wagen langsam in Richtung Norden entfernte. Ohne eine Sekunde zu verlieren, schaltete er sein Funkgerät ein.

„Hier Cäsar. Hier Cäsar. August, hören Sie mich? Bitte sprechen."

„Hier August. Ich höre. Bitte sprechen."

„Geben Sie mir August Zentrale. Äußerst dringende Verbindung. Ich warte."

„Einen Moment. Versuche, Ihnen Zentrale zu geben."

Es wurde still. Aus dem Knacken in seinen Kopfhörern schloß Lennet, daß Kommissar Didier sich eingeschaltet haben mußte.

„Hier ist August Zentrale. Haben Sie mitbekommen, was inzwischen geschehen ist..."

Aber Lennet ließ ihn nicht ausreden.

„Guten Tag, Herr Kommissar", grüßte er in seinem liebenswürdigsten Tonfall. „Ich fürchte, ich werde Sie ein wenig überraschen müssen. Am besten Sie setzen sich hin, bevor ich Ihnen alles erzähle."

„Sind Sie verrückt geworden?" zeterte der Kommissar. „Wie können Sie mich ausgerechnet jetzt rufen, da der BIDI doch bestimmt irgendwo mithört! Außerdem reden Sie mich mit meinem Titel an, das ist entgegen allen Vorschriften! Und überdies befleißigen Sie sich eines Tonfalls, den ich mir nicht einmal vom Minister persönlich bieten lassen würde!"

„Hören Sie, Herr Kommissar, ich habe wirklich andere Sorgen, als mich mit den Vorschriften für Geheimsender zu beschäftigen. Am besten, ich sage Ihnen als erstes gleich einmal, daß ich nicht Ihr verhinderter Kosmonaut, sondern ein guter, alter Bekannter bin: nämlich Leutnant Lennet vom SNIF. Vielleicht erinnert Sie mein Name an etwas?"

„Was? Wie? Lennet? Die Angelegenheit Professor Marais, oder?“

„Erraten. Wie Sie sehen, sehr verehrter Herr Kommissar, sind wir dazu bestimmt, miteinander zu arbeiten. Hören Sie zu. Ich werde Ihnen die ganze Sache so kurz wie möglich erklären. Es liegt dann an Ihnen, die erforderlichen Maßnahmen zu ergreifen.“

In wenigen Worten setzte Lennet dem Kommissar auseinander, warum er die Stelle des falschen Kosmonauten eingenommen hatte.

„Wozu die ganze Maskerade? Sie hätten sich doch genausogut den Funkwagen des BIDI schnappen und damit abhauen können!“

„Das erkläre ich Ihnen ein andermal. Im Moment dürfte es wohl das Wichtigste sein, die marokkanische Regierung dazu zu bringen, daß Sie Ihnen gestattet, gegen den BIDI vorzugehen.“

„Aber begreifen Sie denn nicht? Das ist ganz ausgeschlossen. Es würde Tage dauern ...“

„Ich würde folgendes vorschlagen“, unterbrach ihn Lennet. „Ich gebe Ihnen jetzt per Funk die Liste sämtlicher Stützpunkte durch, die der BIDI in Marokko hat. Anschließend werde ich Sie über die Satzungen dieser hochnoblen Organisation aufklären. Wahrscheinlich dürfte es Sie auch interessieren, daß die Gebrüder Benlamache, der Historiker und das Regierungsmitglied, in die ganze Angelegenheit verwickelt sind. Auf Befehl von Madame Schasch, der Chefin des BIDI, hat Benlamache nämlich den Anspruch Marokkos auf dieses Stück Sahara aus freien Stücken erfunden. Wenn Sie diese Meldung so schnell wie möglich nach Paris weiterleiten und Paris sie dann Wort für Wort an Rabat durchgibt, wird sich die marokkanische Regierung die Angelegenheit noch einmal gründlich überlegen. Rabat wird Oberst El Hadj den Befehl erteilen, mit dem geplanten Angriff vorerst noch zu warten, und damit wäre das Schlimmste vorläufig verhindert.“

„Und Sie sind im Besitz all dieser Informationen?“

„Selbstverständlich. Oder haben Sie mich als Märchenerzähler in Erinnerung? Außerdem, Herr Kommissar, würde ich mir das bei Ihnen nie erlauben. Und noch etwas: In ungefähr einer Stunde wird ein Funkwagen in Bou Denib in Marokko eintreffen. Am besten, Sie setzen sich mit der Polizei dort in Verbindung und lassen die Insassen festnehmen. Unter ihnen befinden sich auch Ihr Kosmonaut, meine Mathematikerin und – Madame Schasch, die Chefin des BIDI."

Die letzten Worte hatte Lennet so nachlässig hingeworfen, als wären sie das Selbstverständlichste der Welt. Ungläubiges Schnaufen am anderen Ende – das war alles, was Kommissar Didier noch herausbrachte. „Warten Sie! Da fällt mir noch etwas ein. Ich habe noch eine chiffrierte Nachricht. Seien Sie doch so gut und leiten Sie die bitte an meine Chefs vom SNIF weiter. Sie werden Ihnen bestimmt dankbar dafür sein."

„Lieber, junger Freund", flötete Kommissar Didier. „Selbstredend werde ich Ihre Nachricht mit dem größten Vergnügen an den SNIF weiterleiten. Ich will den genauen Wortlaut auch gar nicht wissen, aber ich würde mich doch freuen, nur ganz ungefähr zu wissen, um was es geht."

„Lieber Herr Kommissar, natürlich kann ich Ihnen das gerne sagen, trotzdem bezweifle ich, daß Sie sich – wie Sie so schön sagten – darüber freuen werden. Meine chiffrierte Nachricht enthält die Adresse des BIDI in Frankreich."

Der Kommissar schnappte nach Luft. Aber was versprochen war, war versprochen, also leitete er die von Lennet chiffriert durchgegebene Meldung unverzüglich an den SNIF weiter. Dann forderte er Lennet auf: „So, und nun zu uns!"

„Ausgezeichnet", entgegnete Lennet. „Als erstes werde ich Ihnen also das ‚Handbuch für richtiges Benehmen' vorlesen."

Kommissar Didier glaubte offenbar, sich verhört zu haben. „Wie? Was? Können Sie das noch einmal wiederholen?"

„Das Handbuch für richtiges Benehmen ..."

„Hören Sie, Leutnant, ich halte die Situation doch für zu ernst und Ihre Scherze daher für völlig unangebracht. Und falls Sie damit andeuten wollen, daß mein Benehmen ..."

„Aber, Herr Kommissar, das ist kein Scherz. Die Satzungen des BIDI nennen sich ‚Handbuch für richtiges Benehmen'. So, kann es jetzt losgehen? Seite eins: Die internationale Organisation für Industriedokumente ... Warten Sie einen Augenblick, ich muß nur rasch die Sache mit den Hubschraubern regeln."

„Was für Hubschrauber?"

Doch Lennet antwortete schon nicht mehr. Jetzt war der Moment gekommen, in dem er versuchen mußte, Nikky und den falschen Kosmonauten zu retten. Wenn ihm das nicht gelang, waren die beiden verloren ...

Die BIDI-Leute hatten sich inzwischen in zwei Gruppen geteilt. Während Huc und die drei Wissenschaftler im Lager blieben, waren Olivier und die beiden Funker in die Hubschrauber geklettert. Sie waren alle bewaffnet und bereit, Nikky und dem Kosmonauten den Fluchtweg abzuschneiden. Auch die beiden Piloten und ihre Funker waren bewaffnet. Die einen mit Maschinenpistolen, die anderen mit automatischen Pistolen.

Gegen diese Kampfgruppe konnten die junge Mathematikerin und ihr schlecht bewaffneter, und allem Anschein nach sowieso wenig kampfgeübter Begleiter, ganz bestimmt nichts ausrichten.

Unter unheimlichem Pfeifen zerteilten die Flügel der beiden Schrauben die Luft. Dröhnend heulten die Motoren auf. Wirbelnd erhob sich eine weiße Staubwand. Im nächsten Moment stieg der erste Helikopter auf.

Lennet schob die Schutzklappe seines Lasers beiseite. Nun machten sich die vielen Wochen bezahlt, die der junge Agent mit dem Studium dieses Geräts verbracht hatte. Auch alles das, was er bei Professor Steiner gelernt hatte, war ihm jetzt von großem Nutzen. Er stellte den Periskopsucher seines Lasers genau auf die senkrechte Achse ein, an der die Luftschraube des Helikopters montiert war.

Wenn das stimmte, was Professor Steiner gesagt hatte,

dann hatte der kohärente, monochromatische Lichtstrahl, den das Instrument in wenigen Sekunden aussenden würde, eine Frequenz von vier Quadrillionen Schwingungen pro Sekunde und war eine millionmal heller als die Sonne.

Da der Periskopsucher ihm ein wesentlich vergrößertes Bild zeigte, war es auf fünfzig Meter Entfernung für einen geübten Schützen nicht besonders schwer, die Achse des Rotors genau in der Mitte zu treffen.

Lennet drückte auf den Knopf.

Wenn Professor Steiner recht hatte – und daran gab es eigentlich keinen Zweifel –, würde der ausgelöste Impuls nur eine tausendstel Sekunde dauern, doch in diesem kleinsten Zeitraum würde er eine Energie von 1160 Joule entwikkeln ...

Der Strahl schoß hervor.

Durch seinen Sucher erkannte Lennet, daß die Rotorachse genau in der Mitte durchgeschnitten worden war. Ein kurzes Brodeln, wie das Geräusch einer arbeitenden Lötlampe, war zu hören.

Professor Steiners Laserstrahl hatte die Achse einfach durchgeschmolzen. Den Bruchteil einer Sekunde drehte sie sich noch weiter, dann knickte sie auseinander und legte sich langsam auf eine Seite. Der Hubschrauber landete unsanft wieder auf dem Boden. Krachend zerbarsten die Rotorflügel auf den Steinen.

„Nicht schlecht! Und nun der nächste!"

Die Stromstöße des Diodenlasers wiederholten sich alle 34 Sekunden. Das war einer seiner Hauptnachteile. Lennet mußte also eine halbe Minute warten. Zu seinem großen Bedauern hatten sich die Hubschrauber am Boden außerhalb der Reichweite seines Lasers befunden. Sonst hätte er sie schon vor dem Abflug in aller Ruhe sabotieren können.

Die Leute im Lager konnten es einfach nicht fassen. Der Hubschrauber war aus nur drei Meter Höhe heruntergefallen. Es war also – abgesehen von ein paar Prellungen – niemand verletzt worden. Die Insassen kletterten auf das Dach der

Hubschrauberkanzel und starrten die geknickte Achse verständnislos an.

Nun hob der zweite Helikopter ab.

Doch zum allgemeinen Entsetzen ereilte den zweiten Hubschrauber das gleiche Schicksal wie den ersten. Kaum einige Meter aufgestiegen, stürzte er mit geknickter Achse wie ein Stein zu Boden.

Die Verwirrung hatte ihren Höhepunkt erreicht.

Aus dem Tieflader schoß eine grelle Flamme

Ein Schrei übertönte den allgemeinen Tumult: „Jetzt sind wir gefangen!"

Und das stimmte: Sie waren Gefangene der Sahara. Aus der Wüste herauszukommen war ungefähr genauso unmöglich, wie eine hohe Gefängnismauer zu übersteigen.

„Nein!" rief Onkelchen Olivier triumphierend. „Uns bleibt noch der Tieflader!"

Tatsächlich tauchte in diesem Moment der Tieflader aus der undurchdringlichen Nacht auf. Er war für die BIDI-Leute der rettende Strohhalm. Schreiend und rufend liefen sie ihm entgegen. Der Fahrer des Tiefladers blickte erstaunt um sich. Mit so viel Begeisterung war er noch nirgends empfangen worden.

Zwar würden sie mit dem Tieflader den Funkwagen niemals einholen können. Aber immerhin kamen sie aus dieser Falle mitten in der Wüste raus.

„Sollen wir den Satelliten mitnehmen?" fragte einer der Wissenschaftler.

„Der ist jetzt unsere kleinste Sorge, mein Freund!" winkte Onkelchen Olivier ab. „Schon ohne ihn ist es fraglich genug, ob wir ungeschoren entwischen."

Olivier sollte recht behalten. Es war wirklich mehr als fraglich.

Der Tieflader stand noch nicht ganz, als eine grelle Flamme aus seiner Seite schoß!

Der Chauffeur konnte gerade noch herausspringen. Schon war das Führerhaus eine lodernde Riesenfackel, deren Schein die Wüstennacht gespenstisch erhellte.

Lennet hatte seinen Laserstrahl auf den Tank des Fahrzeugs angesetzt.

Besuch beim Minister

Die Funker hatten inzwischen alle Hände voll zu tun. Lennets Meldungen wurden nach Paris weitergeleitet.

Auch in den Ministerien herrschte Hochbetrieb. Ununterbrochen wurden Nachrichten nach Algerien und Marokko ausgesandt. Der Innenminister ließ sich jede Minute einen Lagebericht geben.

Erst dechiffriert, dann wieder chiffriert wurden Lennets Meldungen nach Rabat geschickt.

Auch in Rabat herrschte fieberhafte Betriebsamkeit. Schon am frühen Morgen hatte man die Schritte der Südstämme sehr bedauert. Als sich nun die Informationen von Benlamache als falsch erwiesen, war die Regierung mehr als erleichtert.

Oberst El Hadj erhielt unverzüglich Befehl, sämtliche Angriffe gegen Algerien sofort einzustellen. Marokkanische Polizisten umstellten inzwischen das Haus von Si Ali Mansour Benlamache, der unter dem dringenden Verdacht der Industriespionage und Mißbrauch der Amtsgewalt verhaftet wurde. Der Historiker Benlamache, der in Paris wohnte, erhielt ungefähr gleichzeitig den Besuch eines Abgesandten der Spionage-Abwehr, der den Auftrag hatte, ihn nicht aus den Augen zu lassen.

Die unter dem Befehl von Hauptmann Mokrane stehenden Algerier warteten eine ganze Nacht lang umsonst hinter Sandsäcken und Verschanzungen auf den Angriff der Marokkaner. Er fand nicht statt. Als die Sonne aufging, konnten sie in einiger Entfernung das Regiment und die Lastwagen von Oberst El Hadj erkennen, die in Reih und Glied den Rückzug nach Bou Denib angetreten hatten.

In Bou Denib selbst wimmelte es von Polizisten: marokkanische, französische und sogar Abgesandte von Interpol. Und jede Minute brachte irgendein Flugzeug weitere Polizisten.

Als der Funkwagen schließlich am Rande des Dorfs auftauchte, versperrte ihm eine vielreihige Polizeikette den Weg.

Madame Schasch sprang noch aus dem fahrenden Wagen und versuchte zu fliehen. Doch wieder wurden ihr ihre so oft erwähnten Absätze zum Verhängnis. Diesmal kippte sie direkt in die Arme eines breitschultrigen marokkanischen Polizisten, der nun – wie noch vor einigen Stunden Huc – die Aufgabe übernahm, sie zu tragen.

Schon während des ersten Verhörs entlarvte die bissige, kleine, alte Dame die gesamte Organisation, deren Chefin sie war. Dabei versäumte sie es allerdings nicht, wiederholt auf die große Macht hinzuweisen, die sie ausgeübt hatte. Zahlreiche, bisher unbescholtene Personen wurden in den BIDI-Skandal verwickelt. Unter ihnen befand sich auch Madame Martinet, die Personalchefin von S.F.E.C.G.A.M. ., die Madame Schasch sämtliche Personalakten zugespielt hatte.

Der Schweizer Funker ließ sich ohne Widerstand festnehmen. Mademoiselle Chevrot und der „Kosmonaut" hatten sich den Polizisten zu erkennen gegeben und darum gebeten, eine Nachricht nach Paris zu schicken, daß sie wohlauf waren.

Auch Oberst El Hadj hatte alle Hände voll zu tun. Begleitet von Kommissar Didier machte er auf seinem Rückzug den kleinen Umweg zum „Landeplatz" des Satelliten, wo er die restlichen BIDI-Leute in Gewahrsam nahm. Einige von ihnen hatten versucht, zu Fuß zu fliehen. Sie konnten nur wenige Minuten vom Lager entfernt wieder aufgelesen werden. Die meisten jedoch schienen sich sowieso schon mit ihrem Schicksal abgefunden zu haben. Mit hängenden Köpfen kauerten sie neben den Überresten der Hubschrauber und des Tiefladers.

Als Lennet durch sein Periskop Hauptmann Mostefaï mit seinen Leuten sich nähern sah, öffnete er die Klappe seiner Kapsel und sprang heraus.

Die ersten Sonnenstrahlen kletterten über den Rand des Horizonts. Es war noch ziemlich kühl. Die BIDI-Leute, die die ganze Nacht dicht aneinander gekauert verbracht hatten, zitterten vor Kälte.

„Ich werd verrückt! Da ist ja Lissou!“ staunte Onkelchen Olivier, als er Lennet sah. „Was machst denn du da drin, Kleiner? Ich dachte, du wärst mit deiner hübschen Mathematikerin getürmt!“

„Irrtum, Onkelchen Olivier! Warum hätte ich auch mit dem unbequemen Funkwagen abhauen sollen? Die Klimaanlage in dem Raumschiff war bestimmt viel besser. Am Tag war es angenehm kühl und nachts herrlich warm.“

„Erkläre mir wenigstens noch, wie du da hineingekommen bist!“

„Ich müßte lügen, Onkelchen, wenn ich behaupten würde, daß das von Anfang an vorgesehen war. Es gibt eben Dinge ... Es dürfte Sie vielleicht noch interessieren, wer ich wirklich bin: Agent Lennet vom SNIF.“

Onkelchen Olivier ließ ein erstauntes Pfeifen hören, während er sich von Hauptmann Mostefaï Handschellen anlegen ließ.

Kommissar Didier näherte sich Lennet.

„Mein lieber Lennet“, begrüßte er ihn schnaufend, „wo wir einander begegnen, scheint immer etwas los zu sein!“

„Ja, Herr Kommissar, und Sie erscheinen immer gerade rechtzeitig, um mich zu befreien. Sagen Sie, kann man von unseren marokkanischen Freunden wohl ein Täßchen Kaffee erhalten? Stellen Sie sich vor, ich habe gestern abend nicht einmal essen können.“

Grinsend schraubte Hauptmann Mostefaï seine Feldflasche auf und hielt sie Lennet hin.

Auch für Paris war es eine unruhige Nacht gewesen. Eine mit Funkwagen, Infrarot-Scheinwerfern, Granaten und Maschinenpistolen ausgerüstete Abordnung des SNIF hatte den Sitz des BIDI in Bièvres umstellt.

Als die SNIF-Leute eintrafen, waren vier große Lastwagen vor der Toreinfahrt geparkt. Das gesamte Material des BIDI war bereits verladen.

„Was ist, Hauptmann Laval, sollen wir ihnen ein paar

Lennet sprang aus der Raumkapsel

Knallfrösche hineinwerfen?" erkundigte sich Hauptmann Charles bei seinem Kollegen. „Damit bringen wir wenigstens gleich ein bißchen Schwung in die Bude."

„Wir brauchen ja nicht gleich mit der Tür ins Haus zu fallen, Charles", beschwichtigte Laval seinen Freund. „Ich würde vorschlagen, daß Sie zuerst einmal dort hinüber in das Café gehen, das noch erleuchtet ist. Sie rufen von dort aus beim BIDI an und sagen demjenigen, der an den Apparat geht, daß Madame Schasch in Bou Denib verhaftet worden ist."

„Telefon ... Telefon ...", brummte Charles vor sich hin. „Was für eine verrückte Idee, jemanden, der sich verschanzt, per Telefon anzugreifen! Ein paar hübsche, kleine Handgranaten, das ist es, was wir brauchen."

Trotzdem trottete er gehorsam hinüber in das Café.

Eine Viertelstunde später spazierten der asiatische Kellner, Jouchin, der Kybernetiker und andere Gefolgsleute mit erhobenen Händen aus dem Haus.

*

Da der Minister, wie wir inzwischen ja alle wissen, ein sehr aufgeschlossener Mann war, bestand er darauf, die Helden dieses Abenteuers persönlich kennenzulernen.

So spazierten also, acht Tage nach ihrem gemeinsamen Sieg, Kommissar Didier, der „sowjetische Kosmonaut" und Leutnant Lennet hinter der hübschen Mademoiselle Chevrot in das berühmte, getäfelte Büro am Place Beauvau.

„Guten Tag. Ich freue mich, Sie alle kennenzulernen", begrüßte sie der Minister wohlgelaunt. „Ah! Das ist also unsere reizende Mathematikerin, von der ich schon soviel gehört habe! Mademoiselle, ich gratuliere Ihnen von ganzem Herzen. Ein so hervorragendes mathematisches Gehirn in einem so zauberhaften Kopf – das gibt es bestimmt nicht oft!"

„Und das ist wohl unser lieber Kommissar Didier? Ich freue mich aufrichtig, Sie begrüßen zu können, Kommissar. Habe ich Ihnen nicht gleich gesagt, daß der von uns so glanzvoll ausgearbeitete Plan gar nicht schiefgehen konnte? Sie haben sich ganz umsonst so viele Sorgen gemacht! Wenn ich an unser letztes Telefongespräch denke! Da war Ihnen gar nicht wohl in Ihrer Haut, wenn ich das so sagen darf! Und jetzt haben wir nicht nur unser ursprüngliches Ziel erreicht, das heißt den Sitz des Geheimsenders aufgespürt, obendrein ist uns auch noch der gesamte BIDI mit Mann und Maus in die Hände gefallen! Ich sage ja immer: Ein bißchen mehr Selbstvertrauen, zum Teufel, dann geht schon alles gut. Ich darf wohl annehmen, daß Ihre Vorgesetzten vorschlagen werden, Sie zum Oberkommissar zu befördern. Sollte ein solcher Vorschlag unterbreitet werden, seien Sie versichert, Kommissar, ich werde ihn bestimmt nicht zurückweisen. So, und wer von den beiden jungen Herren ist nun Jean-Jacques Lissou?"

„Ich!" riefen Lennet und der „Kosmonaut" wie aus einem Mund und traten einen Schritt vor.

Überrascht sah sie der Minister an.

„Das heißt, eigentlich war Jean-Jacques Lissou nur mein Deckname während dieser Mission", räumte Lennet ein. „In Wirklichkeit heiße ich Lennet und bin Agent beim SNIF."

„Und mein Deckname während dieser Mission war Ivan Popov", erklärte der Kosmonaut, „in Wirklichkeit heiße ich Jean-Jacques Lissou und gehöre der Spionage-Abwehr an."

„Ja, ja", der Minister nickte, „das klingt alles sehr einleuchtend. Vielleicht könnten Sie mir das ganze aber trotzdem noch ein wenig näher erklären."

Der echte Jean-Jacques Lissou wurde dunkelrot. Aber man hatte ihm — manchmal mit ziemlich harten Methoden — Offenheit um jeden Preis eingebleut. „Das ist so, Herr Minister", begann er zuerst zögernd, dann immer flüssiger. „Ich habe einmal große Dummheiten begangen und versprochen, dafür zu bezahlen. Zuerst habe ich in Afrika die verschiedensten Arbeiten verrichtet, dann hat mich der dortige Agent von der Spionage-Abwehr gefragt, ob ich nicht für ihn arbeiten wollte. Daraufhin bin ich nach Nordafrika geschickt worden, wo ich ein oder zwei Missionen zu erfüllen hatte. In Colomb-Béchar bin ich Kommissar Didier begegnet, und er hat mich gebeten, die Rolle des sowjetischen Kosmonauten zu übernehmen. Da habe ich zugesagt."

„Und ich hatte Jean-Jacques Namen angenommen", erklärte nun auch Lennet. „Unter seinem Namen ist es mir gelungen, in den BIDI aufgenommen zu werden."

„Dann ist das alles also nur ein ganz einfacher Zufall?" fragte der Minister.

„Ja, Herr Minister — insofern Zufälle überhaupt jemals einfach sind, schon."

„Auf jeden Fall haben Sie sich beide sehr verdient gemacht. Der Chef der Spionage-Abwehr wird mir ganz bestimmt vorschlagen, eine Belohnung für Jean-Jacques Lissou auszusetzen. Sie, Leutnant Lennet, fallen ja leider nicht in meinen Dienstbereich. Aber der Chef vom SNIF und sicherlich auch mein Kollege von der Verteidigung werden sich bestimmt noch bei Ihnen melden. Wie dem auch sei, meine Herren, ich bin stolz, Ihnen die Hand drücken zu dürfen. Die Zusammenarbeit unserer staatlichen Sicherheitsdienste hat sich wieder einmal als äußerst fruchtbar erwiesen: Und Sie haben Ihren Anteil dazu beigetragen."

Ein breites Grinsen trat auf Lennets Gesicht. Erstaunt runzelte der Minister die Stirn.

„Was finden Sie an meinen Worten so komisch, Leutnant?"

„Ich habe mich nur gefragt, Herr Minister, ob die von Ihnen gepriesene Zusammenarbeit nicht vielleicht auch nur ein ganz einfacher Zufall war..."

„Was am Erfolg ja nichts ändert", erwiderte der große Chef. „Mademoiselle, meine Herren, ich danke Ihnen."

Bestimmt kein einfacher Zufall war es, daß Nikky und Lennet in der Avenue Marigny immer noch nebeneinander hergingen. Diesmal ganz allein.

„So", meinte Lennet, „und jetzt muß ich erst einmal telefonieren."

„Wozu denn das?"

„Um mich bei Professor Steiners Sekretärin zu entschuldigen, die ich ja neulich abend ins Kino eingeladen hatte."

Hier legte er absichtlich eine kleine Pause ein.

„Und um sie für heute abend neu einzuladen, oder?" erkundigte sich Nikky.

„Also, wenn es Ihnen nichts ausmacht", sagte Lennet und lächelte, „dann würde ich eigentlich lieber Sie einladen."

Spannende Schneider-Bücher des Autors:

Geheimagent Lennet wird ausgebildet
Ein gefährliches Abenteuer beginnt
Geheimagent Lennets erster Auftrag
Jagd nach einer Raketen-Formel
Geheimagent Lennet und die Saboteure
In London passieren merkwürdige Dinge
Geheimagent Lennet und der Satellit
Der Kampf gegen einen Spionage-Ring
Geheimagent Lennet unter Verdacht
Wichtige Geheimakten verschwinden
Geheimagent Lennet und die Astronauten
Ein mysteriöser Marsflug
Geheimagent Lennet jagt das Geisterschiff
Gefälschte Funksignale von der Sonneninsel
Geheimagent Lennet und der Auftrag „Nebel"
Fremde Mächte bedrohen ein Land
Geheimagent Lennet und der verräterische Lippenstift
Eine Verfolgungsjagd auf Leben und Tod
Geheimagent Lennet und der Spinnenbaron
Betrüger erpressen Geheiminformationen
Geheimagent Lennet auf der Insel des Schweigens
Alarm in der Forschungsstation
Geheimagent Lennet Sammelband 1
Drei spannende Spionagestories